Agatha Christie

Auf doppelter Spur

Scherz
Bern – München – Wien

Überarbeitete Fassung der einzig berechtigten Übertragung
aus dem Englischen von Gretl Spitzer
Titel des Originals: »The Clocks«
Schutzumschlag von Heinz Looser
Foto: Thomas Cugini

15. Auflage 1991, ISBN 3-502-50927-1

Gesamtherstellung: Ebner Ulm

1

Der Nachmittag des 9. September war ein Nachmittag wie jeder andere. Keiner, der von den Ereignissen des Tages betroffen werden sollte, konnte behaupten, unheilschwangere Vorahnungen gehabt zu haben.
Für Miss K. Martindale, Vorsteherin des Cavendish-Sekretariats- und Schreibbüros, war der 9. September ein langweiliger Tag gewesen, nichts als Routine – bis 14.35 Uhr. Um 14.35 Uhr ertönte Miss Martindales Gegensprechanlage, und Edna Brent im Vorzimmer antwortete mit ihrer kurzatmigen und leicht nasalen Stimme, während sie mit der Zunge ein Bonbon zwischen den Kiefer und die rechte Backe schob.
»Ja, Miss Martindale?«
»Aber, Edna – so sollen Sie sich doch nicht melden. Sprechen Sie *deutlich,* und halten Sie den Atem *zurück*!«
»Entschuldigung, Miss Martindale.«
»So ist es schon besser. Schicken Sie Sheila Webb zu mir.«
»Sie ist noch nicht vom Essen zurück, Miss Martindale.«
»Ah.« Miss Martindales Augen befragten die Uhr auf dem Schreibtisch. Genau sechs Minuten zu spät. Sheila Webb war in letzter Zeit nachlässig geworden. »Schicken Sie sie, wenn sie kommt.«
»Ja, Miss Martindale.«
Edna beförderte den Bonbon wieder auf die Mitte der Zunge, lutschte vergnügt weiter und fuhr fort, *Liebe ohne Schleier* von Arnold Levin abzuschreiben.
Die Tür öffnete sich, und Sheila Webb kam herein.
»Die Wüstenkatze hat nach dir gefragt«, informierte Edna sie. Sheila Webb schnitt ein Gesicht, ordnete ihr Haar, griff nach Block und Bleistift und klopfte an die Tür der Chefin.
Miss Martindale sah auf. Sie war etwas über Vierzig und barst vor Tüchtigkeit. Ihre Ponyfrisur, das matt rötliche Haar und ihr Vorname Katherine hatten ihr zu dem Spitznamen Wüstenkatze verholfen.

»Sie kommen zu spät, Miss Webb.«
»Entschuldigen Sie bitte, Miss Martindale. Es war ein schrecklicher Verkehr.«
»Das ist um diese Zeit immer so. Sie sollten das vorher bedenken.« Sie sah auf ihren Block. »Eine Miss Pebmarsh hat angerufen. Sie möchte um drei Uhr eine Stenotypistin haben. Sie verlangte ausdrücklich nach Ihnen. Haben Sie früher schon mal für sie gearbeitet?«
»Nicht, daß ich wüßte, Miss Martindale. Jedenfalls nicht in letzter Zeit.«
»Die Adresse ist Wilbraham Crescent Nr. 19 . . .!«
Sie hielt fragend inne, aber Sheila Webb schüttelte den Kopf.
»Ich kann mich nicht erinnern, jemals dort gewesen zu sein.«
Miss Martindale sah auf die Uhr.
»Um drei. Beeilen Sie sich, Miss Webb. Haben Sie heute nachmittag noch einen anderen Termin? Ach ja – Professor Purdy im Curlew Hotel. Fünf Uhr. Sie müßten eigentlich vorher zurück sein. Wenn nicht, kann ich Janet hinschicken.«
Mit einem Nicken entließ sie Sheila, die ins Vorzimmer zurückging.
»Was Interessantes, Sheila?«
»Nein – nur langweiliges Zeug wie immer. Irgendeine alte Jungfer in Wilbraham Crescent. Und um fünf Uhr Professor Purdy – all die schrecklichen archäologischen Ausdrücke! Wenn doch nur einmal etwas Aufregendes passieren würde!«
Miss Martindales Tür öffnete sich.
»Noch etwas, Sheila. Falls Miss Pebmarsh noch nicht zurück ist, wenn Sie kommen, sollen Sie ins Haus gehen – die Tür wird nicht verschlossen sein – und in dem Zimmer rechts von der Diele auf sie warten.«
Miss Martindale ging in ihr Heiligtum zurück. Sheila nahm ihre Handtasche und verließ das Büro.
Wilbraham Crescent war die zu Stein gewordene Phantasie eines viktorianischen Architekten aus den achtziger Jahren. Es war eine halbmondförmige Siedlung aus Doppelhäusern,

bei denen nicht die Seiten-, sondern die Rückwände aneinanderstießen. Dadurch ergaben sich beachtliche Schwierigkeiten für alle, die die Gegend nicht kannten. Jene, die am äußeren Bogen ankamen, konnten die niedrigen Hausnummern nicht finden; und die, die zuerst auf den inneren Halbkreis stießen, fragten sich, wo die höheren Hausnummern geblieben sind. Es waren ordentliche, mit Balkons versehene und ausnehmend ehrbare Häuser. Jedes besaß natürlich seinen eigenen Garten.

Nr. 19 hatte nichts Besonderes an sich. Die Vorhänge waren sauber, der Messinggriff am Eingang blankgeputzt. Zu beiden Seiten des Weges, der zur Haustür führte, standen die üblichen Rosensträucher.

Sheila Webb öffnete die Gartenpforte, ging zur Tür und klingelte. Es rührte sich nichts, und nachdem sie ein oder zwei Minuten gewartet hatte, tat sie, wie ihr geheißen, und trat ein. Die Tür rechts von der kleinen Diele war angelehnt. Sie klopfte, wartete und ging dann hinein. Es war ein recht nettes, alltägliches Wohnzimmer – für den heutigen Geschmack etwas zu vollgestellt. Das einzige Bemerkenswerte daran war die Fülle von Uhren: in der Ecke tickte eine Großvateruhr, auf dem Kamin eine Dresdner Porzellanuhr, auf dem Schreibtisch eine silberne Wagenuhr; irgendwo beim Kamin machte sich eine kleine vergoldete Uhr bemerkbar und auf einem Tisch am Fenster ein verblichener Leder-Reisewecker, auf dem in abgegriffenen goldenen Buchstaben ROSEMARY stand.

Sheila Webb sah etwas überrascht auf diesen Wecker. Er zeigte dreizehn Minuten nach vier. Ihr Blick wanderte zu der Kaminuhr. Dieselbe Zeit. Sie fuhr heftig zusammen, als über ihrem Kopf ein Kuckuck aus seiner kleinen Tür hüpfte und energisch »Kuckuck, Kuckuck, Kuckuck!« schrie. Der harte Ton klang fast drohend. Der Kuckuck verschwand wieder.

Sheila Webb lächelte ein wenig, ging um das Sofa herum – und blieb wie angewurzelt stehen.

Auf dem Boden ausgestreckt lag der Körper eines Mannes.

Seine gebrochenen Augen waren halb geöffnet. Vorn auf seinem dunkelgrauen Anzug war ein dunkler, feuchter Fleck. Fast mechanisch beugte sich Sheila über ihn. Sie berührte seine Wange – kalt – seine Hand – ebenfalls ... Sie berührte den feuchten Fleck, zog die Hand aber rasch zurück und starrte voller Entsetzen darauf.

Im selben Augenblick hörte sie draußen das Klappen einer Pforte, und ihr Kopf wandte sich unwillkürlich dem Fenster zu. Sie sah eine Frau rasch den Weg entlangkommen. Sheila schluckte, ohne es zu merken – ihre Kehle war trocken. Wie angewachsen stand sie auf der Stelle, unfähig sich zu rühren, zu schreien ... starrte nur vor sich hin.

Die Tür öffnete sich und eine große, ältere Dame trat ein; sie trug einen Einkaufskorb. Ihr welliges Haar war aus dem Gesicht gekämmt, und ihre Augen waren sehr groß und von einem wunderschönen Blau. Ihr Blick glitt über Sheila, ohne sie zu sehen.

Sheila gab einen leisen Laut von sich, nicht mehr als ein Räuspern. Die großen blauen Augen richteten sich auf sie, und die Dame fragte scharf: »Ist da jemand?«

»Ich – ich bin ...«

Das Mädchen hielt inne, als die Frau schnell um das Sofa herum auf sie zuging.

Und dann schrie sie.

»Nicht doch ... nicht ... Sie treten auf es ... auf ihn ... *Und er ist tot ...*«

2

Colin Lambs Bericht

Um im Polizeijargon zu sprechen: um 14.59 am 9. September ging ich in westlicher Richtung Wilbraham Crescent entlang – zum ersten Mal, und ich war verblüfft.

Ich war einer fixen Idee mit einer Hartnäckigkeit nachgegan-

gen, die von Tag zu Tag verbissener wurde, je weniger erfolgversprechend sie schien. Ich bin eben so.
Ich suchte Nr. 61 – und fand das Haus nicht. Geduldig war ich von 1 bis 28 gegangen, und dort schien Wilbraham Crescent zu enden. So ging ich zurück und blickte auf die Nummern: 24, 23, 22, 21, Diana Lodge (vermutlich 20), 19 ...
Die Tür von Nr. 19 öffnete sich, und wie ein Geschoß sauste ein Mädchen heraus, den Weg entlang. Die Ähnlichkeit mit einem Geschoß wurde noch durch seine hohen, dünnen und kaum menschlichen Schreie unterstrichen.
Das Mädchen raste durch die Pforte – stieß mit einer Wucht mit mir zusammen, die mich fast umgeworfen hätte, und klammerte sich dann verzweifelt an mich.
»Ruhig«, sagte ich, als ich mein Gleichgewicht wiedergefunden hatte. Ich schüttelte es leicht. »Nur ruhig.«
Das Mädchen beruhigte sich. Es hielt sich immer noch an mir fest, hörte aber auf zu schreien. Statt dessen keuchte es schluchzend.
»*Da* drin!« Sie zeigte hinter sich.
»Ja?«
»Da liegt ein Mann auf dem Boden ... tot ... Sie wollte auf ihn treten.«
»Wer? Warum?«
»Ich glaube ... weil sie blind ist. Und Blut ist an ihm.« Sie blickte nach unten und lockerte eine Hand. »Und an mir. An *mir* ist Blut!«
»Ja«, bestätigte ich. Ich entdeckte die Flecken auf meinem Mantelärmel. »Und jetzt auch an mir.« Ich seufzte und dachte über die Situation nach. »Am besten kommen Sie mit mir hinein und zeigen es mir«, sagte ich.
»Ich kann nicht – ich *kann nicht* ... Dort hinein gehe ich nicht mehr!«
»Vielleicht haben Sie recht.« Ich sah mich um. Es schien nirgends einen geeigneten Platz zu geben, an dem man ein fast ohnmächtiges Mädchen deponieren konnte. Ich ließ es

behutsam auf den Bürgersteig gleiten, so daß es mit dem Rücken gegen das eiserne Geländer lehnte.
»Sie bleiben hier, bis ich zurückkomme. Es wird nicht lange dauern.«
Ich klopfte ihr beruhigend auf die Schulter und ging forschen Schrittes den Weg entlang, durch die Tür, zögerte einen Augenblick in der Diele, öffnete dann die linke Tür – sie führte in ein leeres Eßzimmer –, durchquerte die Diele und betrat das gegenüberliegende Wohnzimmer.
Das erste, was ich sah, war eine ältere, grauhaarige Frau, die auf einem Stuhl saß. Sie wandte ruckartig den Kopf und fragte: »Wer ist da?«
Ich merkte sofort, daß die Frau blind war. Kurz und sachlich sagte ich: »Eine junge Frau stürzte auf die Straße und behauptete, daß hier ein toter Mann läge.«
Als ich das sagte, hatte ich ein Gefühl völliger Absurdität. Es schien unmöglich, daß in diesem ordentlichen Zimmer mit der ruhig mit gefalteten Händen auf dem Stuhl sitzenden Frau ein toter Mann sein sollte.
Doch sie antwortete sofort: »Hinter dem Sofa.«
Ich ging um die Sofaecke. Dann sah ich ihn – den ausgestreckten Arm – die glasigen Augen – die gerinnende Blutlache.
»Wie ist das passiert?« fragte ich kurz. »Wer ist es?«
»Ich weiß nicht.«
»Wir müssen die Polizei rufen. Wo ist das Telefon?«
»Ich habe kein Telefon.«
Ich betrachtete sie genauer.
»Sie wohnen hier? Gehört das Haus Ihnen?«
»Ja.«
»Können Sie mir sagen, was passiert ist?«
»Gewiß. Ich kam vom Einkaufen. Ich merkte sofort, daß jemand im Zimmer war. Wenn man blind ist, spürt man das rasch. Ich fragte, wer da sei. Keine Antwort – nur ein hastiges Atmen. Ich ging auf das Geräusch zu – und dann schrie jemand etwas . . . daß jemand tot wäre, und ich auf ihn treten

würde. Dann lief jemand schreiend an mir vorbei und aus dem Zimmer.«

Ich nickte. Die Berichte stimmten überein.

»Und was taten Sie?«

»Ich tastete mich vorsichtig weiter, bis mein Fuß auf Widerstand stieß. Dann kniete ich nieder. Ich berührte etwas – die Hand eines Mannes. Sie war kalt, kein Pulsschlag ... Ich stand auf, ging hierher und setzte mich – um zu warten. Über kurz oder lang mußte jemand kommen. Die junge Frau, wer sie auch sein möge, würde Alarm schlagen. Ich hielt es für besser, das Haus nicht zu verlassen.«

Die Ruhe dieser Frau beeindruckte mich. Sie hatte nicht geschrien, war nicht voller Panik aus dem Haus gestürzt. Sie hatte sich hingesetzt und gewartet.

»Wer sind Sie eigentlich?«

»Mein Name ist Colin Lamb. Ich kam zufällig hier vorbei.«

»Wo ist die junge Frau?«

»Ich habe sie neben die Pforte gesetzt. Sie hat einen Schock erlitten. Wo ist das nächste Telefon?«

»Etwa fünfzig Meter weiter, kurz vor der Ecke.«

»Natürlich. Ich erinnere mich, daran vorbeigegangen zu sein. Ich werde die Polizei anrufen.«

»Am besten bringen Sie das Mädchen ins Haus – natürlich nicht in dieses Zimmer. Bringen Sie es ins Eßzimmer. Sagen Sie, daß ich Tee zubereiten werde.«

Sie stand auf und kam auf mich zu.

»Aber – können Sie ...?«

»Junger Mann – ich habe mir meine Mahlzeiten in meiner eigenen Küche selbst zubereitet, seit ich hier wohne – seit vierzehn Jahren. Blind sein heißt nicht unbedingt hilflos sein.«

»Verzeihung. Es war töricht von mir. Vielleicht sollten Sie mir Ihren Namen nennen?«

»Millicent Pebmarsh – Miss.«

Ich ging aus dem Haus und den Weg entlang. Das Mädchen sah mich an und versuchte aufzustehen.

»Da . . . da war ein toter Mann, nicht wahr?«
Ich bestätigte es. »Ja. Ich gehe nur zur Telefonzelle und melde es der Polizei. Ich würde an Ihrer Stelle im Hause warten.« Ich sprach lauter, um ihren Protest zu übertönen. »Gehen Sie ins Eßzimmer – links, wenn Sie hineinkommen. Miss Pebmarsh macht eine Tasse Tee für Sie. Die wird Ihnen guttun, während Sie auf die Polizei warten.«
Ich legte meinen Arm um ihre Schultern und drängte sie den Weg entlang, setzte sie an den Eßzimmertisch und lief zum Telefon.

Eine ruhige Stimme sagte: »Crowdean-Polizeirevier.«
»Kann ich Inspektor Hardcastle sprechen?«
Die Stimme wurde vorsichtig.
»Ich weiß nicht, ob er da ist. Wer ist am Apparat?«
»Colin Lamb.«
»Colin?« fragte einen Augenblick später Hardcastles Stimme. »Ich dachte nicht, daß du schon zurück wärst. Wo steckst du?«
»Crowdean. Genau in Wilbraham Crescent. In Nr. 19 liegt ein Mann tot auf dem Fußboden, erstochen, glaube ich. Er ist ungefähr eine halbe Stunde tot.«
»Wer hat ihn gefunden? Du?«
»Nein, ich war nur ein harmloser Passant. Plötzlich raste ein Mädchen aus dem Haus und stieß mich fast um. Es sagte, dort läge ein toter Mann auf dem Fußboden, und eine blinde Frau trampelte auf ihm herum.«
»Du willst mich doch nicht verkohlen?«
»Ich gebe zu, daß es phantastisch klingt. Aber die Tatsachen scheinen zu stimmen. Die blinde Frau ist Miss Millicent Pebmarsh; das Haus gehört ihr.«
»Und trat sie wirklich auf dem toten Mann herum?«
»Nicht so, wie du denkst. Da sie blind ist, wußte sie nicht, daß er dort lag.«
»Ich werde den Apparat in Bewegung setzen. Warte dort auf mich. Was ist mit dem Mädchen?«

»Miss Pebmarsh macht ihm eine Tasse Tee.«

3

In Wilbraham Crescent gingen der Polizeiarzt, der Polizeifotograf und die Fingerabdruckexperten ihren jeweiligen Aufgaben nach. Zu guter Letzt erschien auch Inspektor Hardcastle, ein großer Mann mit einem Pokergesicht und eindrucksvollen Augenbrauen. Er warf einen prüfenden Blick auf die Leiche, wechselte ein paar Worte mit dem Arzt und ging dann ins Eßzimmer, wo drei Leute vor leeren Teetassen saßen: Miss Pebmarsh, Colin Lamb und ein Mädchen mit braunem, lockigem Haar und ängstlichen Augen.
»Recht nett«, dachte der Inspektor.
Er stellte sich Miss Pebmarsh vor. Er wußte einiges über sie, obwohl sich ihre Wege beruflich nie gekreuzt hatten. Er kannte sie vom Sehen, wußte, daß sie früher Lehrerin gewesen war und jetzt einen Posten am Aaronberg-Institut für behinderte Kinder hatte. Sie unterrichtete blinde Kinder im Lesen der Brailleschrift.
»Eine scheußliche Sache, die da passiert ist, Miss Pebmarsh«, sagte er. »Es muß ein großer Schock für Sie gewesen sein. Ich brauche von Ihnen allen eine genaue Aussage. Meines Wissens war es Miss« – er sah schnell auf einen Notizblock, den ihm der Polizist gegeben hatte – »Sheila Webb, die die Leiche entdeckte. Wenn ich Ihre Küche benützen dürfte, Miss Pebmarsh, würde ich mit Miss Webb dort hingehen, um ungestört zu sein.«
Ein junger Detektiv war schon in der Küche und machte sich unauffällig Notizen. Sheila Webb setzte sich nervös hin und blickte Hardcastle mit großen, erschrockenen Augen an. Er sagte beruhigend: »Kein Grund zur Sorge. Wir wollen nur ein klares Bild gewinnen. Ihr Name ist Sheila Webb – und Ihre Adresse?«

»Palmerstone Road Nr. 14 – hinter der Gasanstalt.«
»Und Sie sind Angestellte, nehme ich an?«
»Ja – Stenotypistin ... ich arbeite in Miss Martindales Schreibbüro.«
»Das Cavendish-Sekretariats- und Schreibbüro – so lautet wohl der volle Name, nicht wahr? Wie lange arbeiten Sie schon dort?«
»Etwa ein Jahr. Nein, genau zehn Monate.«
»So. Nun erzählen Sie mal mit Ihren eigenen Worten, warum Sie heute hier in Wilbraham Crescent Nr. 19 waren.«
»Ja, das war so.« Sheila Webb sprach jetzt zuversichtlicher. »Diese Miss Pebmarsh rief im Büro an und bestellte für drei Uhr eine Stenotypistin. Deswegen sagte mir Miss Martindale, als ich vom Essen zurückkam, ich solle hierhergehen.«
»Das war ganz normal, nicht? Ich meine – Sie waren die nächste auf der Liste ... oder wie das organisiert wird.«
»Nicht ganz. Miss Pebmarsh forderte ausdrücklich mich an.«
»So.« Hardcastles Augenbrauen registrierten diesen Punkt. »So ... weil Sie früher schon mal für sie gearbeitet hatten?«
»Aber nein«, sagte Sheila schnell. »Das weiß ich genau. Sie ist kein Mensch, den man vergessen würde. Das ist ja das Merkwürdige an der Sache.«
»Eben. Doch darüber wollen wir im Moment nicht sprechen. Wann kamen Sie hier an?«
»Es muß kurz vor drei Uhr gewesen sein, denn die Kuckucksuhr ...« Sie hielt plötzlich inne. Ihre Augen weiteten sich. »Wie seltsam. Wirklich sehr seltsam. Vorhin habe ich gar nicht darauf geachtet.«
»Worauf achteten Sie nicht, Miss Webb?«
»Nun – die Uhren. Die Kuckucksuhr schlug ganz richtig drei Uhr, aber die andern Uhren gingen alle mehr als eine Stunde vor. Wie seltsam!«
»Das ist wirklich merkwürdig«, pflichtete der Inspektor ihr bei. »Wann haben Sie die Leiche zuerst bemerkt?«
»Erst, als ich hinter das Sofa ging. Und da – da lag er. Es war schrecklich, einfach schrecklich ...«

»Das glaube ich Ihnen. Kannten Sie den Mann? War es jemand, den Sie schon mal gesehen hatten?«
»O *nein*!«
»Wissen Sie das genau? Er hätte anders aussehen können als sonst, verstehen Sie. Denken Sie genau nach. Sie haben ihn bestimmt nie zuvor gesehen?«
»Ganz bestimmt nicht.«
»Gut. Und was machten Sie daraufhin?«
»Was ich *machte*? Nun ... nichts ... überhaupt nichts. Ich konnte nicht.«
»So. Sie haben ihn nicht angerührt?«
»Doch – doch. Um zu sehen – ich meine – nur um zu sehen ... Aber er war – ganz kalt – und – und an meiner Hand war Blut. Es war schrecklich – dick und klebrig.«
Sie schüttelte sich.
»Na, na«, meinte Hardcastle beruhigend, »ist ja alles vorbei. Denken Sie nicht mehr an das Blut. Was geschah dann?«
»Ich weiß nicht ... Oh, doch, sie kam nach Hause.«
»Sie meinen Miss Pebmarsh?«
»Ja. Nur in dem Augenblick dachte ich nicht, daß sie es wäre. Sie kam mit einem *Einkaufskorb*!« Ihr Ton kennzeichnete den Korb als etwas, das nicht ins Bild paßte. »Ich glaube, ich sagte nichts ... ich wollte, aber ich konnte nicht ... Und dann – und dann – fragte sie: ›Wer ist da?‹, und sie ging um das Sofa herum, und ich dachte – ich dachte, sie würde auf ihn treten. Und ich schrie ... und dann konnte ich nicht mehr aufhören zu schreien, und irgendwie war ich aus dem Zimmer und durch die Tür ...«
»Das war ein guter Bericht. Denken Sie nun nicht mehr daran. Oh, eine Frage noch: Wieso waren Sie überhaupt im Zimmer?«
»Wieso?« Sie sah verdutzt aus. »Weil sie es mir gesagt hatte – Miss Pebmarsh –, sie sagte es zu Miss Martindale – daß ich hineingehen und im Zimmer rechts von der Diele warten sollte.«
Nachdenklich meinte Hardcastle: »So war das also ... Wür-

den Sie vielleicht noch zehn Minuten hierbleiben – falls ich Sie noch etwas fragen möchte? Ich lasse Sie dann nach Hause bringen. Haben Sie Angehörige?«

»Meine Eltern sind tot. Ich wohne bei einer Tante – Mrs. Lawton.«

Der Inspektor stand auf und gab ihr die Hand.

»Danke sehr, Miss Webb. Versuchen Sie, heute nacht gut zu schlafen. Sie werden es brauchen können nach allem, was Sie erlebt haben.«

Sie lächelte ihn schüchtern an, während sie ins Eßzimmer ging.

»Kümmere dich um Miss Webb, Colin«, sagte der Inspektor.

»Dürfte ich jetzt Sie, Miss Pebmarsh, bitten zu mir zu kommen?«

Hardcastle hatte die Hand halb ausgestreckt, um sie zu führen, aber Miss Pebmarsh ging resolut an ihm vorbei, tastete mit den Fingerspitzen nach einem Stuhl an der Wand, zog ihn vor und setzte sich.

Hardcastle schloß die Tür. Ehe er etwas sagen konnte, fragte Millicent Pebmarsh plötzlich:

»Wer ist der junge Mann?«

»Sein Name ist Colin Lamb.«

»Das sagte er mir. Aber wer ist er? Warum kam er her?«

Hardcastle sah sie etwas überrascht an.

»Er kam zufällig die Straße entlang, als Miss Webb aus dem Hause stürzte und Mord schrie. Nachdem er sich des Tatbestands vergewissert hatte, rief er uns an und wurde gebeten, zurückzugehen und zu warten.«

»Sie nannten ihn Colin.«

»Sie passen gut auf, Miss Pebmarsh. Colin Lamb ist ein Freund von mir, wenn ich ihn auch längere Zeit nicht gesehen hatte . . . Er ist Meeresbiologe.«

»Oh!«

»Nun, Miss Pebmarsh, ich würde mich freuen, wenn Sie mir etwas über diese ziemlich merkwürdige Sache erzählen könnten.«

»Gern. Aber es gibt wenig zu sagen.«
»Sie wohnen schon längere Zeit hier, glaube ich?«
»Seit 1950. Ich bin – war – Lehrerin von Beruf. Als mir gesagt wurde, daß man nichts mehr gegen meine schwindende Sehkraft machen könne und daß ich bald blind sein würde, spezialisierte ich mich auf Blindenschrift und ähnliche Verständigungsmittel, die den Blinden ihr Los erleichtern sollen. Ich bin am Aaronberg-Institut für blinde und behinderte Kinder angestellt.«
»Danke. Und nun zu den Ereignissen dieses Nachmittags. Erwarteten Sie Besuch?«
»Nein.«
»Ich werde Ihnen jetzt eine Beschreibung des Toten vorlesen, und Sie werden mir sagen, ob Sie dadurch an jemanden erinnert werden. Größe 1,72 bis 1,74, Alter ungefähr sechzig, dunkles, schon ergrauendes Haar, braune Augen, glatt rasiert, schmales Gesicht, festes Kinn. Gut genährt, aber nicht dick. Dunkelgrauer Anzug, gepflegte Hände. Könnte ein Bankangestellter sein, Buchhalter, Anwalt oder etwas in dieser Richtung. Erinnert Sie das an jemanden, den Sie kennen?«
Millicent Pebmarsh überlegte lange, ehe sie antwortete.
»Ich glaube nicht. Natürlich ist es eine ziemlich allgemeine Beschreibung. Sie könnte auf viele Menschen zutreffen. Es könnte jemand sein, den ich gelegentlich gesehen oder getroffen habe, aber bestimmt niemand, den ich gut kenne.«
»Sie haben in letzter Zeit keinen Brief erhalten, mit dem jemand seinen Besuch ankündigte?«
»Bestimmt nicht.«
»Gut. Also – Sie riefen das Cavendish-Sekretariats- und Schreibbüro an und fragten nach einer Stenotypistin und . . .«
Sie unterbrach ihn.
»Verzeihung. Ich habe nichts dergleichen getan.«
»Sie haben das Büro *nicht* angerufen und . . .«
Hardcastle war verblüfft.

»Es ist kein Telefon im Hause.«
»Am Ende der Straße ist eine Zelle«, bedeutete der Inspektor.
»Ja natürlich. Aber ich kann Ihnen versichern, Inspektor Hardcastle, daß ich keine Stenotypistin brauche und nicht – ich wiederhole *nicht* – dieses Cavendish-Büro angerufen habe.«
»Sie haben nicht ausdrücklich Miss Sheila Webb angefordert?«
»Ich hatte den Namen vorher noch nie gehört.«
Hardcastle sah sie erstaunt an.
»Die Haustür war nicht abgeschlossen«, meinte er.
»Das ist sie während des Tages häufig nicht.«
»Jeder könnte hereinkommen.«
»In diesem Fall scheint das jeder getan zu haben«, bemerkte Miss Pebmarsh trocken.
»Miss Pebmarsh, nach Aussage des Arztes starb der Mann ungefähr zwischen 13.30 und 14.45 Uhr. Wo waren Sie um diese Zeit?«
Miss Pebmarsh dachte nach.
»Um halb zwei hatte ich das Haus schon verlassen oder ging gerade fort. Ich hatte ein paar Besorgungen zu machen.«
»Könnten Sie mir genau sagen, wo Sie waren?«
»Ich ging zur Post in der Albany Road, gab ein Paket auf, kaufte Briefmarken, dann besorgte ich einiges für den Haushalt, und dann kehrte ich ins Haus zurück. Ich kann Ihnen genau sagen, wie spät es war. Meine Kuckucksuhr schlug dreimal, als ich den Gartenweg entlangkam.«
»Und die anderen Uhren?«
»Wie bitte?«
»Ihre anderen Uhren schienen alle über eine Stunde vorzugehen.«
»Vorzugehen? Sie meinen die Standuhr in der Ecke?«
»Nicht nur die – all die anderen Uhren im Wohnzimmer.«
»Ich verstehe nicht, was Sie mit ›anderen Uhren‹ meinen. Im Wohnzimmer gibt es keine anderen Uhren.«

4

Hardcastle sah sie verblüfft an.
»Aber, Miss Pebmarsh! Was ist mit der wunderschönen Dresdner Porzellanuhr auf dem Kamin? Und mit der kleinen, vergoldeten französischen Uhr? Dann die silberne Wagenuhr und – o ja, die Uhr mit der Aufschrift ROSEMARY?«
Jetzt war es an Miss Pebmarsh, verblüfft zu sein.
»Entweder sind Sie verrückt, oder ich bin es, Inspektor. Ich versichere Ihnen, daß ich keine Dresdner Porzellanuhr habe, keine – was sagten Sie – keine Uhr, auf der ›Rosemary‹ steht, keine französische vergoldete Uhr und – was noch?«
»Eine silberne Wagenuhr«, sagte Hardcastle automatisch.
»Auch die nicht. Wenn Sie mir nicht glauben, können Sie die Frau fragen, die bei mir saubermacht. Ihr Name ist Mrs. Curtin.«
Inspektor Hardcastle ließ sich das alles einen Augenblick durch den Kopf gehen. Dann stand er auf.
»Würden Sie wohl mit mir in das andere Zimmer kommen, Miss Pebmarsh?«
»Gewiß. Ehrlich gestanden, ich würde die Uhren selber gern sehen.«
»Sehen?« fragte Hardcastle schnell zurück.
»Untersuchen wäre das bessere Wort«, sagte Miss Pebmarsh. »Wenn ich *sehen* sage, dann meine ich, ich würde die Uhren gern mit meinen eigenen Fingern *fühlen*.«
Im Eßzimmer sagte der Fingerabdruckexperte zu Hardcastle: »Ich bin hier fertig. Sie können alles anfassen.«
Hardcastle nickte, nahm den kleinen Reisewecker mit der Aufschrift »Rosemary« und legte ihn in Miss Pebmarshs Hände. Sie tastete ihn sorgsam ab.
»Es scheint ein gewöhnlicher Reisewecker zu sein«, sagte sie, »in einem Lederbehälter. Mir gehört er nicht, Inspektor, und er war auch nicht in diesem Zimmer, als ich das

Haus um halb zwei verließ, dessen bin ich mir ziemlich sicher.«
Der Inspektor nahm ihn ihr ab und hob die Dresdner Uhr vom Kamin.
»Seien Sie vorsichtig«, mahnte er, während er sie in ihre Hände legte, »sie ist zerbrechlich.«
Millicent Pebmarsh tastete die kleine Porzellanuhr behutsam mit den Fingerspitzen ab. Dann schüttelte sie den Kopf.
»Es muß eine reizende Uhr sein«, sagte sie, »aber mir gehört sie nicht. Wo, sagten Sie, stand sie?«
»Rechts auf dem Kamin.«
»Dort sollten zwei Porzellanleuchter stehen«, sagte Miss Pebmarsh.
»Ja, einer ist dort, aber er ist ganz ans Ende geschoben worden«, erklärte ihr Hardcastle.
»Sie sagten, daß noch eine Uhr da sei?«
»Noch zwei.«
Hardcastle nahm ihr die Porzellanuhr wieder ab und gab ihr die kleine französische Uhr. Sie befühlte sie schnell und gab sie zurück.
»Nein, auch die gehört mir nicht.«
Das gleiche sagte sie von der silbernen Uhr.
»Die einzigen Uhren, die sich gewöhnlich in diesem Zimmer befinden, sind die Standuhr dort in der Ecke am Fenster – und eine Kuckucksuhr an der Wand neben der Tür.«
Hardcastle wußte nicht recht, was er als nächstes sagen sollte. Er betrachtete die Frau prüfend. Auf ihrer leicht gefurchten Stirn drückte sich Verwunderung aus. Sie sagte in scharfem Ton:
»Ich kann es nicht verstehen. Ich kann es einfach nicht verstehen!«
Hardcastle fragte den Fingerabdruckexperten: »Sie haben die Uhren untersucht?«
»Alle, Sir. Keine Abdrücke auf der vergoldeten Uhr, wie zu erwarten. Die Oberfläche nimmt nichts an. Das gilt auch für die Porzellanuhr. Aber auch auf dem Reisewecker und auf

der silbernen Uhr sind keine, und das ist auffällig. Wenn es mit rechten Dingen zuginge, müßten sich darauf Abdrücke finden lassen. Übrigens sind sie alle nicht aufgezogen, und alle stehen auf dreizehn Minuten nach vier.«
»Was ist mit dem übrigen Zimmer?«
»Es gibt drei oder vier verschiedene Abdrücke, alle von Frauen, soweit ich feststellen kann. Der Tascheninhalt liegt übrigens da drüben.«
Er deutete mit dem Kopf auf einen kleinen Haufen von Gegenständen auf dem Tisch. Hardcastle sah eine Geldbörse, die sieben Pfund und ein paar kleine Münzen enthielt, ein seidenes Taschentuch ohne Monogramm, eine kleine Schachtel Abführpillen und eine gedruckte Karte:

Mr. R. H. Curry
Metropolis and Provincial Insurance Co. Ltd.
7 Danvers Street
London W. 2

Hardcastle ging zu dem Sofa, auf dem Miss Pebmarsh saß.
»Haben Sie zufällig den Besuch eines Versicherungsvertreters erwartet?«
»Versicherung? Nein, bestimmt nicht.«
»Von der Metropolis and Provincial Insurance?«
Miss Pebmarsh schüttelte den Kopf.
»Ich habe nie davon gehört. Ich bin gegen Feuer und Einbruch bei der Jove Insurance Company versichert. Eine Lebensversicherung habe ich nicht – ich habe keine Familie oder nahe Verwandte.«
»Ich verstehe. Sagt Ihnen der Name Curry etwas? Mr. R. H. Curry?«
Er beobachtete sie genau, aber auf ihrem Gesicht zeigte sich keinerlei Reaktion.
»Curry«, sie wiederholte den Namen und schüttelte dann den Kopf. »Nein. Ist das der Name des Toten?«
»Es könnte sein«, sagte Hardcastle.

Miss Pebmarsh zögerte einen Augenblick. Dann meinte sie: »Soll ich – soll ich ihn – anfassen?«
Er verstand sofort.
»Würden Sie das tun, Miss Pebmarsh? Natürlich nur, wenn wir Ihnen damit nicht zuviel zumuten.«
»Natürlich ist es nicht angenehm, aber ich bin bereit, es zu tun, wenn Sie meinen, daß es Ihnen helfen könnte.«
»Danke«, sagte Hardcastle, führte sie um das Sofa herum, bedeutete ihr niederzuknien und brachte dann ihre Hand behutsam an das Gesicht des Toten. Sie war völlig ruhig, zeigte keinerlei Bewegung. Ihre Finger tasteten über das Haar, die Ohren, verweilten einen Augenblick hinter dem linken Ohr, strichen über die Nase, den Mund und das Kinn. Dann schüttelte sie den Kopf und stand auf.
»Ich habe jetzt eine genaue Vorstellung von ihm, und ich bin mir völlig sicher, daß es niemand ist, den ich gekannt oder auch nur gesehen habe«, sagte sie.
Der Fingerabdruckexperte hatte seine Sachen zusammengepackt und war aus dem Zimmer gegangen. Er steckte noch einmal den Kopf durch die Tür.
»Sie wollen ihn abholen«, dabei deutete er auf die Leiche.
»Gut«, sagte Inspektor Hardcastle. »Kommen Sie doch bitte, Miss Pebmarsh, und setzen Sie sich hier hin.«
Er brachte sie zu einem Stuhl. Zwei Männer entfernten den aus dem Leben geschiedenen Mr. Curry schnell und sachkundig. Hardcastle ging bis zur Pforte mit und kam dann ins Wohnzimmer zurück. Er setzte sich neben Miss Pebmarsh.
»Das ist eine ungewöhnliche Geschichte, Miss Pebmarsh. Ich möchte noch einmal mit Ihnen die wesentlichen Punkte durchgehen und sehen, ob ich alles richtig verstanden habe. Verbessern Sie mich, wenn es nicht stimmt. Sie erwarteten heute keinen Besuch, Sie haben nicht wegen einer Versicherung angefragt, und Sie haben von niemandem einen Brief bekommen, worin der Vertreter einer Versicherungsgesellschaft für heute seinen Besuch ankündigte. Stimmt das?«
»Voll und ganz.«

»Sie benötigten keine Stenotypistin, und Sie riefen das Cavendish-Büro *nicht* an wegen einer Schreibkraft, die um drei Uhr hiersein sollte.«

»Auch das stimmt.«

»Als Sie das Haus gegen halb zwei verließen, waren in diesem Raum nur zwei Uhren: die Kuckucksuhr und die Standuhr. Sonst keine.«

Miss Pebmarsh wollte es bestätigen, berichtigte sich dann aber.

»Wenn ich ganz korrekt sein will, könnte ich das nicht beschwören. Da ich nicht sehen kann, würde ich das Fehlen oder in diesem Fall das Vorhandensein von etwas, das gewöhnlich nicht im Zimmer ist, nicht bemerken. Damit will ich sagen, daß ich mit Bestimmtheit sagen kann, was im Zimmer war, als ich heute früh hier Staub wischte. Da war alles an seinem Platz.«

»Sind Sie heute vormittag überhaupt aus dem Haus gegangen?«

»Ja. Um zehn Uhr ging ich wie gewöhnlich zum Aaronberg-Institut. Dort unterrichtete ich bis 12.15 Uhr. Etwa um drei Viertel eins kam ich zurück, machte mir in der Küche Rühreier und eine Tasse Tee und ging, wie gesagt, um halb zwei wieder. Ich esse übrigens in der Küche und kam daher nicht in diesen Raum.«

»Ich verstehe«, sagte Hardcastle. »Wenn Sie mit Bestimmtheit sagen können, daß um zehn Uhr heute morgen keine überzähligen Uhren hier waren, *können* sie möglicherweise irgendwann danach hereingebracht worden sein.«

»Da müßten Sie meine Putzfrau fragen, Mrs. Curtin. Sie kommt gegen zehn Uhr und geht gewöhnlich gegen zwölf. Sie wohnt Dipper Street Nr. 17.«

»Danke, Miss Pebmarsh. Nun bleiben folgende Tatsachen, und dazu möchte ich gern Ihre Meinung hören. Irgendwann heute wurden vier Uhren hierhergebracht. Die Zeiger dieser vier Uhren standen alle auf dreizehn Minuten nach vier. Hat dieser Zeitpunkt irgendeine Bedeutung für Sie?«

Miss Pepmarsh schüttelte den Kopf
»Nein.«
»Nun zu dem Toten. Es ist unwahrscheinlich, daß Ihre Putzfrau den Mann hereingelassen hat, wenn Sie ihr nicht gesagt haben, daß Sie einen Besucher erwarten; doch das können wir von ihr erfahren. Vermutlich kam er, um Sie aus irgendeinem beruflichen oder persönlichen Grund zu sprechen. Zwischen 13.30 und 14.45 Uhr wurde er erstochen. Wenn er eine Verabredung in diesem Haus hatte, so wissen Sie nichts davon. Vermutlich hing es mit einer Versicherung zusammen – aber auch da können Sie uns nicht helfen. Die Tür war unverschlossen, er kann also hereingekommen sein und auf Sie gewartet haben – aber weshalb?«
»Die ganze Sache ist verrückt«, meinte Miss Pebmarsh ärgerlich. »Sie meinen also, daß dieser – wie hieß er, Curry – die Uhren mitbrachte?«
»Es ist nirgends ein Behälter zu sehen«, sagte Hardcastle. »Er kann die vier Uhren kaum in seinen Taschen gehabt haben. Denken Sie jetzt bitte sehr gründlich nach, Miss Pebmarsh. Können Sie sich an irgend etwas erinnern, das mit Uhren zusammenhängt? Und wenn nicht mit Uhren, dann mit dem Zeitpunkt – dreizehn Minuten nach vier?«
Sie schüttelte den Kopf.
»Nein, Inspektor, ich kann Ihnen nicht helfen.«
Ein junger Polizist schaute herein. Hardcastle ging zu ihm in die Diele und dann zur Pforte. Er sprach ein paar Minuten mit den Männern und kehrte ins Eßzimmer zurück. Durch die geöffnete Verbindungstür zur Küche konnte er Miss Pebmarsh am Abwaschtisch arbeiten hören.
»Ich werde diese Uhren mitnehmen müssen, Miss Pebmarsh. Ich gebe Ihnen eine Bescheinigung dafür.«
»Das ist schon in Ordnung, Inspektor – mir gehören sie nicht!«
Hardcastle wandte sich zu Sheila Webb.
»Sie können jetzt nach Hause gehen, Miss Webb. Der Polizeiwagen wird Sie heimbringen.«

Sheila und Colin standen auf.
»Bring sie zum Wagen, Colin, ja?« sagte Hardcastle, während er einen Stuhl an den Tisch zog und anfing, eine Bescheinigung auszuschreiben.
Sheila und Colin gingen den Gartenweg entlang. Plötzlich blieb Sheila stehen.
»Meine Handschuhe – ich habe sie liegenlassen . . .«
»Ich hole sie.«
»Nein – ich weiß genau, wo ich sie hingelegt habe. *Jetzt* macht es mir nichts aus – jetzt, wo *es* weg ist.«
Sie lief zurück und war ein oder zwei Minuten später wieder bei ihm.
Hardcastle kam dazu, als Sheila in den Wagen stieg. Als er abfuhr, wandte er sich an den jungen Polizisten.
»Die Uhren im Wohnzimmer müssen sorgfältig eingepackt werden – alle, außer der Kuckucksuhr an der Wand und der großen Standuhr.« Er gab noch einige Anweisungen und sagte dann zu seinem Freund: »Ich muß noch ein paar Gänge erledigen. Willst du mitkommen?«
»Gern«, sagte Colin.

5

Colins Bericht
»Wohin fahren wir?« fragte ich Dick Hardcastle.
»Zum Cavendish-Schreibbüro. Erst zum Büro und dann zu der Putzfrau, in dieser Reihenfolge – fast vier Uhr!« Er zögerte einen Augenblick, ehe er hinzufügte: »Ein recht attraktives Mädchen, nicht?«
»Ja«, sagte ich.
Er warf mir einen belustigten Blick zu.
»Doch sie hat eine sehr merkwürdige Geschichte erzählt. Je eher wir sie überprüfen, desto besser.«
»Du meinst doch nicht, daß sie . . .«

Er schnitt mir das Wort ab.
»Mich interessieren Leute immer, die Leichen finden ... Wie kam es eigentlich, daß du in Wilbraham Crescent herumwandertest, Colin? Hattest du ein bestimmtes Ziel?«
»Ja, ich suchte Nr. 61 – und konnte das Haus nicht finden. Ob die Hausnummer gar nicht existiert?«
»Doch. Es geht wohl bis 88.«
»Aber Dick – als ich bei 28 war, hörte Wilbraham Crescent einfach auf.«
»Es verwirrt Fremde immer wieder. Wenn du rechts in die Albany Road eingebogen wärst und dann wieder rechts, wärst du auf der anderen Seite von Wilbraham Crescent herausgekommen. Die Häuser sind nämlich Rücken an Rücken gebaut. Die Gärten stoßen aneinander.«
»Ach so«, sagte ich, »jedenfalls *gibt* es also Nr. 61. Hast du eine Ahnung, wer dort wohnt?«
»Nr. 61? Warte mal ... Ja, das wird Bland, der Architekt, sein.«
»Oje«, meinte ich, »das ist schlecht. Es sei denn ... ist er vielleicht gerade erst hergezogen – hat erst hier angefangen?«
»Ich glaube, Bland ist hier geboren. Jedenfalls ein Einheimischer – seit Jahren im Geschäft. Baut die Sorte Häuser, die ganz ordentlich aussehen, bis man darin wohnt; dann fällt alles zusammen, oder nichts funktioniert. Aber er kommt immer noch gerade damit durch. Wieso ...«
»Gib's auf, etwas aus mir herauszulocken, Dick. Der Mann, den ich suche, dürfte höchstwahrscheinlich eine Säule der Rechtschaffenheit sein.«
»Vor einem Jahr fiel Bland ein Haufen Geld in den Schoß – genaugenommen seiner Frau. Sie ist Kanadierin, kam während des Krieges her und lernte Bland kennen. Ihre Familie wollte nicht, daß sie ihn heiratete, und sagte sich mehr oder weniger von ihr los. Dann starb im vorigen Jahr ein Großonkel; sein einziger Sohn war bei einem Flugzeugunglück ums Leben gekommen. Dies und die Todesfälle während des Krieges führten dazu, daß Mrs. Bland als einzige von der Fa-

milie übrigblieb. So hinterließ er ihr sein Geld. Rettete Bland gerade vor dem Bankrott, glaube ich.«
»Du scheinst viel über Mr. Bland zu wissen.«
»Oh – weißt du, das Finanzamt ist immer interessiert, wenn ein Mann plötzlich über Nacht reich wird. Es wollte wissen, ob er vielleicht eine dunkle Vergangenheit hat – aber es war alles in Ordnung.«
»An einem Mann, der plötzlich reich wurde, bin ich jedenfalls nicht interessiert«, erklärte ich.
»Du hast aber so einen Fall gehabt, nicht?« Ich nickte. »Und fertig damit? Oder – noch nicht?«
»Das ist eine ziemlich lange Geschichte«, sagte ich ausweichend. »Bleibt es dabei, daß wir heute abend zusammen essen – oder fällt es wegen dieser Sache aus?«
»Nein. Jetzt muß erst einmal der Apparat angekurbelt werden. Wir müssen alles über Mr. Curry herausfinden. Aller Wahrscheinlichkeit nach werden wir eine ziemlich genaue Vorstellung haben, wem er im Wege war, wenn wir wissen, wer er ist und was er machte . . . Hier sind wir.«
Das Cavendish-Sekretariats- und Schreibbüro lag in der Haupteinkaufsstraße. Hardcastle und ich gingen die vier Stufen empor, durch die offenstehende Haustür, und befolgten dann die Anweisung an der Tür rechts, die uns zum Eintreten aufforderte. Drei junge Frauen tippten fleißig in einem geräumigen Zimmer. Die eine, die an einem Tisch mit Telefon direkt gegenüber der Tür saß, unterbrach ihre Arbeit und sah uns fragend an: »Was kann ich für Sie tun?«
»Miss Martindale?« fragte Hardcastle.
»Ich glaube, sie telefoniert gerade.« In diesem Augenblick knackte es, und das Mädchen nahm den Hörer ab und sagte: »Zwei Herren möchten Sie sprechen, Miss Martindale.« Sie sah uns an und fragte: »Darf ich um Ihre Namen bitten?«
»Hardcastle«, sagte Dick.
»Ein Mr. Hardcastle, Miss Martindale.« Sie legte auf und erhob sich. »Hier entlang, bitte«, sagte sie und ging zu einer Tür, an der auf einem Messingschild MISS MARTINDALE

stand. Sie öffnete die Tür, lehnte sich mit dem Rücken dagegen, um uns durchzulassen, und meldete: »Mr. Hardcastle.« Dann schloß sie die Tür wieder hinter uns.
Miss Martindale saß an einem großen Schreibtisch. Sie war eine tüchtig aussehende Frau von etwa fünfzig Jahren. Sie schaute von einem zum andern.
»Mr. Hardcastle?«
Dick nahm eine seiner offiziellen Visitenkarten und gab sie ihr. Miss Martindales rötliche Augenbrauen schoben sich überrascht und leicht mißbilligend in die Höhe.
»Inspektor Hardcastle? Was kann ich für Sie tun, Inspektor?«
»Ich komme wegen einer kleinen Auskunft, Miss Martindale. Ich glaube, Sie werden mir helfen können.«
Aus seinem Ton schloß ich, daß Dick es auf Umwegen und mit Charme versuchen wollte. Ich zweifelte daran, daß Miss Martindale Charme zugänglich sein würde. Sie war das, was die Franzosen eine *femme formidable* nennen.
Ich sah mich um. An den Wänden hinter Miss Martindales Schreibtisch hing eine Sammlung signierter Fotografien. Auf einer erkannte ich Mrs. Ariadne Oliver, eine mir bekannte Autorin von Detektivgeschichten. Hardcastle fuhr indessen mit seinen Fragen fort.
»Ich glaube, Sie beschäftigen ein Mädchen namens Sheila Webb?«
»Das stimmt. Sie ist allerdings im Augenblick leider nicht hier – wenigstens . . .« Sie drückte auf den Knopf der Gegensprechanlage und fragte: »Edna, ist Sheila Webb schon zurück?«
»Nein, Miss Martindale.«
»Sie hatte einen Auftrag für den frühen Nachmittag«, erklärte Miss Martindale. »Ich dachte, sie würde inzwischen schon wieder zurück sein. Möglicherweise ist sie gleich zum Curlew Hotel gegangen; dorthin war sie um fünf Uhr bestellt.«
»So«, sagte Hardcastle. »Können Sie mir etwas über Miss Webb sagen?«

»Nicht viel. Sie ist seit etwa einem Jahr bei uns. Sie arbeitet recht zufriedenstellend.«
»Wissen Sie, wo sie arbeitete, ehe sie zu Ihnen kam?«
»Vermutlich könnte ich das feststellen, Inspektor Hardcastle. Soweit ich mich erinnere, war sie früher in London angestellt – bei einer Maklerfirma.«
»Ist sie eine erstklassige Kraft?«
»Das würde ich nicht sagen. Sie hat eine ordentliche Durchschnittsgeschwindigkeit und ist einigermaßen gut erzogen. Sie schreibt sorgfältig und korrekt.«
»Kennen Sie sie auch privat?«
»Nein. Sie wohnt wohl bei einer Tante.« Jetzt wurde Miss Martindale etwas zurückhaltend. »Darf ich fragen, Inspektor Hardcastle, *warum* Sie all diese Fragen stellen? Hat das Mädchen etwas angestellt?«
»So würde ich es nicht ausdrücken, Miss Martindale. Kennen Sie eine Miss Pebmarsh?«
»Pebmarsh«, wiederholte Miss Martindale stirnrunzelnd. »Wann – ach, natürlich! Zu Miss Pebmarshs Haus ging Sheila ja heute nachmittag. Sie war um drei Uhr dorthin bestellt.«
»Wie wurde die Verabredung getroffen, Miss Martindale?«
»Telefonisch. Miss Pebmarsh rief an und sagte, sie brauche eine Stenotypistin, und ob ich wohl Miss Webb schicken könne.«
»Sie hat ausdrücklich um Sheila Webb gebeten?«
»Ja.«
»Wann kam der Anruf?«
Miss Martindale dachte einen Augenblick nach.
»Ich nahm ihn selbst entgegen. Das würde bedeuten, daß es während der Mittagspause war. Wahrscheinlich zehn Minuten vor zwei. Auf jeden Fall vor zwei Uhr. Ach ja, ich sehe gerade eine Notiz auf meinem Block. Es war genau um 13.49 Uhr.«
»Hat Miss Pebmarsh selbst mit Ihnen gesprochen?«
Miss Martindale sah etwas überrascht aus.

»Ich nehme doch an.«
»Sie haben ihre Stimme aber nicht erkannt? Sie kennen sie nicht persönlich?«
»Nein. Sie sagte, sie sei Miss Millicent Pebmarsh und gab mir ihre Adresse – eine Hausnummer in Wilbraham Crescent. Dann fragte sie, ob Sheila Webb frei sei, und bat, daß sie um drei Uhr kommen möge.«
Es war eine klare, bestimmte Aussage. Sie würde eine ausgezeichnete Zeugin abgeben, dachte ich.
»Wenn Sie mir freundlichst sagen würden, worum es geht?« fragte Miss Martindale, jetzt doch etwas ungeduldig.
»Nun ja, Miss Martindale, Miss Pebmarsh bestreitet den Anruf.«
»Tatsächlich? Wie seltsam!«
»Sie dagegen sagen, daß dieser Anruf *erfolgte*; aber Sie können nicht mit Sicherheit sagen, daß es Miss Pebmarsh war, die anrief.«
»Nein, natürlich kann ich das nicht mit Sicherheit sagen. Ich kenne die Frau ja nicht. Doch wer sollte es sonst gewesen sein? War es ein dummer Scherz?«
»Mehr als das«, erwiderte Hardcastle. »Hat Miss Pebmarsh – oder wer immer es war – einen Grund dafür angegeben, daß sie gerade Miss Sheila Webb wünschte?«
Miss Martindale dachte einen Augenblick nach.
»Ich glaube, sie sagte, daß Sheila Webb schon früher für sie gearbeitet hätte.«
»Stimmt das?«
»Sheila meinte, sie könne sich nicht entsinnen. Aber schließlich gehen die Mädchen so oft zu den verschiedensten Menschen an den verschiedensten Orten, daß sie sich kaum erinnern würden, wenn es schon Monate zurückliegt. Sheila war sich nicht sicher. Sie sagte nur, daß sie sich nicht entsinnen könnte, schon bei Miss Pebmarsh gewesen zu sein. Aber, Inspektor, selbst wenn es ein dummer Scherz gewesen wäre, kann ich nicht verstehen, wieso Sie sich dafür interessieren?«
»Darauf wollte ich gerade kommen. Als Miss Webb in Wil-

braham Crescent Nr. 19 ankam, ging sie ins Haus und ins Wohnzimmer. Sie sagte, so hätten ihre Anweisungen gelautet. Stimmt das?«

»Jawohl«, sagte Miss Martindale. »Miss Pebmarsh sagte, daß sie sich vielleicht etwas verspäten würde und daß Sheila hineingehen und warten solle.«

»Als Miss Webb ins Wohnzimmer kam«, fuhr Hardcastle fort, »fand sie auf dem Fußboden einen toten Mann.«

Miss Martindale starrte ihn an. Einen Augenblick lang konnte sie kaum sprechen.

»Sagten Sie, einen *toten Mann*, Inspektor?«

»Einen ermordeten Mann«, präzisierte Hardcastle. »Genau gesagt: erstochen.«

»Oje, das Mädchen muß sich sehr erschrocken haben.«

Miss Martindale schien dramatische Ereignisse eher sachlich zu behandeln.

»Sagt Ihnen der Name Curry etwas, Miss Martindale? – Mr. R. H. Curry?«

»Ich glaube nicht, nein.«

»Von der Metropolis and Provincial Insurance Company?«

Miss Martindale schüttelte wieder den Kopf.

»Sie verstehen hoffentlich mein Dilemma«, sagte der Inspektor. »Sie erklären, Miss Pebmarsh rief Sie an und bat, daß Sheila Webb um drei in ihrem Haus sein möge. Miss Pebmarsh bestreitet, so etwas getan zu haben. Sheila Webb kommt hin. Sie findet dort einen Toten.«

Er wartete voller Zuversicht.

»Mir kommt das alles höchst unwahrscheinlich vor«, sagte Miss Martindale mißbilligend.

Dick Hardcastle seufzte und stand auf.

»Sie haben ein nettes Büro«, sagte er höflich. »Sie sind schon längere Zeit in der Branche tätig, nicht wahr?«

»Fünfzehn Jahre. Wir haben uns gut entwickelt. Wir haben klein angefangen, und dann haben die Aufträge so zugenommen, daß wir es kaum noch schaffen können. Ich beschäftige jetzt acht Mädchen, und sie haben ständig zu tun.«

»Sie haben viele literarische Aufträge, wie ich sehe«, dabei blickte Hardcastle auf die Fotografien an der Wand.
»Ja, ich habe mich auf Autoren spezialisiert. Ich war viele Jahre lang Sekretärin des bekannten Kriminalromanschriftstellers Mr. Garry Gegson. Aufgrund eines Legats, das er mir ausgesetzt hatte, war es mir möglich, dieses Büro zu eröffnen. Ich kannte viele seiner Kollegen und die empfahlen mich weiter.«
Hardcastle ging zur Tür. Ich öffnete sie für ihn. Im Vorzimmer waren die drei Mädchen gerade dabei aufzubrechen. Edna, die Empfangsdame, war ganz verzweifelt. In der einen Hand hielt sie einen Pfennigabsatz, in der andern einen Schuh. »Ich hab sie erst einen Monat«, jammerte sie. »Diese verflixten Gitterroste – das hier gleich beim Konditor an der Ecke. Ich mußte beide Schuhe ausziehen und auf Strümpfen zurückgehen . . . und wie ich jemals nach Hause kommen oder in den Bus steigen soll, weiß ich wirklich nicht . . .«
In diesem Augenblick wurde man sich unserer Anwesenheit bewußt, und Edna verbarg hastig den anstößigen Schuh.
»Ich danke Ihnen, Miss Martindale«, sagte Hardcastle. »Es tut mir leid, daß ich Ihre Zeit so lange in Anspruch genommen habe. Wenn Ihnen noch etwas einfallen sollte . . .«
»Natürlich«, schnitt Miss Martindale ihm ziemlich brüsk das Wort ab.
Als wir in den Wagen stiegen, sagte ich: »Also scheint Sheila Webbs Geschichte trotz deiner Zweifel richtig gewesen zu sein.«
»Schon gut«, meinte Dick. »Du hast gewonnen.«

6

»Mami!« brüllte Ernie Curtin und vergaß einen Augenblick, daß er ein Raumschiff auf dem Weg zur Venus war, »Mami! vor unserm Haus hält ein Polizeiwagen ... und zwei Männer steigen aus!«

Mrs. Curtin, die gerade beim Abwaschen war, drehte sich blitzschnell zu ihrem Sprößling um.

»Was hast du *nun* schon wieder angestellt?« wollte sie wissen.

»Überhaupt nichts«, versicherte Ernie.

In diesem Augenblick klopfte es. Mrs. Curtin trocknete sich schnell die Hände ab und öffnete die Tür. Sie blickte ablehnend und unsicher auf die beiden Männer, die davorstanden.

»Mrs. Curtin?« fragte der größere der beiden freundlich. »Darf ich einen Augenblick eintreten? Ich bin Inspektor Hardcastle.«

Mrs. Curtin trat etwas unwillig zurück, öffnete eine Tür und bedeutete dem Inspektor einzutreten. Es war ein sehr sauberer, offenbar selten benutzter kleiner Raum. Die Neugier trieb Ernie aus der Küche, den Gang entlang, und dann drückte er sich an die Tür.

»Ihr Sohn?« fragte Inspektor Hardcastle.

»Ja«, antwortete Mrs. Curtin und fügte hinzu: »Er ist ein guter Junge, was Sie auch sagen mögen.«

»Davon bin ich überzeugt«, meinte der Inspektor höflich, woraufhin Mrs. Curtins Gesicht etwas weniger abweisend wurde.

»Ich wollte nur einige Erkundigungen über Wilbraham Crescent Nr. 19 einziehen. Soviel ich weiß, arbeiten Sie dort.«

»Hab nie gesagt, daß ich's nicht täte«, sagte Mrs. Curtin, »für Miss Millicent Pebmarsh, eine sehr nette Dame.«

»Blind«, sagte Inspektor Hardcastle.

»Ja, die Arme. Aber Sie würden es nicht merken. Erstaunlich, wie sie sich zurechtfindet. Geht auch auf die Straße und über die Kreuzungen. Sie macht nicht viel Aufhebens davon wie andere Leute, die ich kenne.«

»Sie arbeiten vormittags dort?«
»Das stimmt. Ich komme zwischen halb zehn und zehn und gehe um zwölf Uhr, oder wenn ich fertig bin.« Sie wurde scharf: »Sie wollen doch nicht etwa andeuten, daß etwas *gestohlen* wurde?«
»Ganz im Gegenteil«, besänftigte der Inspektor und dachte an die vier Uhren.
Mrs. Curtin sah ihn verständnislos an.
»Worum geht's?«
»Im Wohnzimmer von Wilbraham Crescent Nr. 19 wurde heute nachmittag ein Mann tot aufgefunden.«
Mrs. Curtin starrte ihn an. Ernie Curtin wand sich vor Aufregung, wollte etwas sagen, hielt es aber für unklug, die Aufmerksamkeit auf sich zu ziehen, und schloß wieder den Mund.
»Tot?« wiederholte Mrs. Curtin ungläubig, »im *Wohnzimmer*?«
»Ja. Er wurde erstochen.«
»Sie meinen, es war *Mord*?«
»Ja, Mord.«
»Wer ermordete ihn?« wollte Mrs. Curtin wissen.
»Ich fürchte, so weit sind wir noch nicht«, sagte der Inspektor. »Wir dachten, daß Sie uns vielleicht helfen könnten.«
»Ich weiß von keinem Mord«, wehrte Mrs. Curtin entschieden ab.
»Nein, aber es sind da ein oder zwei Punkte zu klären. Wollte zum Beispiel heute vormittag jemand ins Haus?«
»Nicht, daß ich wüßte. Nein, heute nicht. Was war's für ein Mann?«
»Ein älterer Mann, etwa sechzig Jahre alt, trug einen guten, dunklen Anzug. Er könnte sich als Versicherungsvertreter vorgestellt haben!«
»Ich hätte ihn nicht reingelassen ... auch sonst keinen Vertreter. Miss Pebmarsh hält nichts davon, an der Tür zu kaufen, und ich auch nicht.«
»Der Name des Mannes, nach der Karte zu urteilen, die er bei

sich trug, war Mr. Curry. Haben Sie diesen Namen schon jemals gehört?« fragte Hardcastle.
»Curry? Curry?« Mrs. Curtin schüttelte den Kopf. »Klingt so indisch«, sagte sie mißtrauisch.
»O nein«, sagte Inspektor Hardcastle, »er war kein Inder.«
»Wer fand ihn – Miss Pebmarsh?«
»Eine junge Dame, eine Stenotypistin war hingekommen, natürlich aufgrund eines Mißverständnisses; sie glaubte, man hätte nach ihr geschickt, um für Miss Pebmarsh einige Arbeiten zu erledigen. Sie war es, die die Leiche fand. Fast im selben Augenblick kam Miss Pebmarsh zurück.«
Mrs. Curtin seufzte tief.
»Das ist eine Geschichte!«
»Vielleicht bitten wir Sie, sich die Leiche des Mannes einmal anzusehen und uns zu sagen, ob Sie ihn schon einmal zuvor in Wilbraham Crescent gesehen haben. Miss Pebmarsh ist sicher, daß er noch nie bei ihr war. Können Sie übrigens auf Anhieb sagen, wie viele Uhren dort im Wohnzimmer sind?«
Mrs. Curtin brauchte nicht lange zu überlegen: »Da ist die große Uhr in der Ecke und dann die Kuckucksuhr an der Wand . . . ich habe keine davon angerührt; Miss Pebmarsh will sie immer selbst aufziehen.«
»Sie sind in bester Ordnung«, beruhigte sie der Inspektor. »Wissen Sie genau, daß diese beiden Uhren die einzigen Uhren heute morgen in dem Zimmer waren?«
»Natürlich. Welche sollten denn noch da sein?«
»Zum Beispiel eine kleine eckige Silberuhr oder eine kleine vergoldete Uhr – die stand auf dem Kamin – und eine Porzellanuhr mit Blumen oder ein Reisewecker mit der Aufschrift ›Rosemary‹?«
»Bestimmt nicht. Sonst hätte ich das bemerkt.«
»Jede dieser vier Uhren zeigte etwa eine Stunde später an als die Kuckucksuhr und die Standuhr.«
»Muß was Ausländisches gewesen sein«, sagte Mrs. Curtin. »Mein Alter und ich fuhren mal mit dem Bus nach der

Schweiz und Italien, und da war es eine ganze Stunde später als hier. Muß was mit dem Gemeinsamen Markt zu tun haben. Ich halte nichts davon, Mr. Curtin auch nicht. Mir genügt England.«
Inspektor Hardcastle ließ sich nicht auf Politik ein.
»Können Sie mir genau sagen, wann Sie heute Miss Pebmarshs Haus verließen?«
»Genau Viertel nach zwölf.«
»War Miss Pebmarsh zu dieser Zeit im Hause?«
»Nein, sie war noch nicht zurück. Sie kommt gewöhnlich zwischen zwölf und eins, aber das ist verschieden. Und sie ging, ehe ich kam. Ich komme um zehn.«
»Vielen Dank, Mrs. Curtin.«
»Komisch, das mit den Uhren«, sagte Mrs. Curtin. »Vielleicht war Miss Pebmarsh bei einem Ausverkauf. Antike Uhren, nicht?«
»Geht Miss Pebmarsh oft zu Ausverkäufen?«
»Kaufte Haargarnläufer vor etwa vier Monaten – sehr billig, sagte sie. Auch 'n paar Veloursvorhänge . . .«
»Aber für gewöhnlich kauft sie keine Nippsachen oder dergleichen, zum Beispiel Bilder oder Porzellan, im Ausverkauf?«
Mrs. Curtin schüttelte den Kopf.
»Soviel ich weiß, nicht, aber im Ausverkauf kann man das nie wissen, nicht wahr? Wenn man dann nach Hause kommt, fragt man sich, was man eigentlich mit den Sachen anfangen soll.«
Da er das Gefühl hatte, vorläufig nichts weiter erfahren zu können, ging Inspektor Hardcastle. Danach steuerte Ernie seinen Beitrag zu dem Thema bei.
»Mord! Toll! Miss Pebmarsh kann ihn nicht umgelegt haben, nicht?«
»Red' nich' so dummes Zeug«, verwies seine Mutter ihn.

7

Colins Bericht

Nachdem wir uns zwei ordentliche Steaks einverleibt und sie mit frisch angezapftem Bier hinuntergespült hatten, verkündete Dick Hardcastle mit zufriedenem Seufzer, daß er sich besser fühle, und sagte:

»Soll der Teufel tote Versicherungsvertreter, komische Uhren und schreiende Mädchen holen! Erzähl mir von dir, Colin. Ich dachte, du wolltest von dieser Ecke der Welt nichts mehr wissen. Und dabei spazierst du auf den Seitenstraßen von Crowdean einher. Bestimmt kein Betätigungsfeld für einen Meeresbiologen!«

»Mach dich nicht über meine Meeresbiologie lustig, Dick. Es ist eine sehr nützliche Sache. Die bloße Erwähnung langweilt die Leute so sehr, daß man nie weitere Erklärungen abzugeben braucht.«

»Du willst also nichts verraten, he?«

»Du vergißt«, sagte ich kühl, »daß ich Meeresbiologe *bin*. Ein sehr interessantes Gebiet, und eines Tages werde ich mich wieder damit beschäftigen.«

»Ich weiß natürlich, woran du arbeitest«, erklärte Hardcastle. »Und ich beglückwünsche dich dazu. Larkins Prozeß beginnt nächsten Monat, nicht wahr?«

»Ja.«

»Erstaunlich, wie er es fertiggebracht hat, so lange das Zeug rauszuschmuggeln. Man sollte meinen, daß ihn jemand verdächtigt hätte.«

»Man hatte keinen Verdacht. Wenn man überzeugt ist, daß ein Kerl durch und durch anständig ist, denkt man nicht daran, daß er es nicht sein könnte ... Er war nicht einmal sehr gescheit. Er machte nur, was ihm gesagt wurde. Er hatte Zugang zu sehr wichtigen Dokumenten. Er zog mit ihnen los, sie wurden fotokopiert, ihm zurückgegeben und waren noch am selben Tag wieder da, wo sie hingehörten. Gut organisiert. Er aß jeden Tag woanders zu Mittag. Wir glauben, daß er seinen Mantel immer dorthin hängte, wo ein ganz bestimmter anderer Mantel hing, der genauso aussah – obwohl der Mann, der den anderen Mantel trug, nicht immer derselbe war. Die Mäntel wurden ausgetauscht. Doch der Mann, der sie auswechselte, sprach nie mit Larkin und Larkin nicht mit ihm. Wir würden gern noch mehr über den ganzen Apparat wissen. Es war alles ausgezeichnet geplant und zeitlich genau abgestimmt. Da steckt ein guter Kopf dahinter.«

»Und deswegen treibst du dich noch immer in der Nähe des Marinestützpunktes Portlebury herum?«

»Ja. Wir wissen über die Informationsquelle bei der Marine Bescheid und über die Londoner Kontakte. Wir wissen, wann und wo Larkin bezahlt wurde und wie. Aber dazwischen klafft eine Lücke. Über die Organisation möchten wir mehr wissen, denn da sitzen die Köpfe. *Irgendwo* gibt es eine Zentrale mit hervorragender Planung, die ihre Spuren sorgfältig zu verwischen versteht. Oder sie kreuzen sich so oft, daß man die Übersicht verliert.«

»Warum ist Larkin zum Verräter geworden?« fragte Hardcastle neugierig. »Politischer Idealismus? Um sich selbst wichtig zu machen? Oder einfach Geld?«

»Er war kein Idealist«, erwiderte ich. »Ich würde sagen, des Geldes wegen.«

»Hättet ihr ihn da nicht eher fassen können? Er gab das Geld aus, nicht? Er hat es nicht beiseite gelegt?«

»O nein, er warf nur so damit um sich. Offen gesagt, waren wir ihm schon früher auf der Spur, als wir zugeben.«

Hardcastle nickte verständnisvoll.

»Verstehe. Ihr seid auf etwas gestoßen, und dann benutztet ihr ihn eine Weile, stimmt's?«

»So ungefähr. Ehe wir ihm auf die Spur kamen, hatte er einige ziemlich wichtige Informationen weitergegeben. Also ließen wir ihn auch weiterhin Informationen weitergeben, ebenfalls offenbar wichtige. Bei der Einheit, zu der ich gehöre, müssen wir uns damit abfinden, uns von Zeit zu Zeit wie Idioten zu benehmen.«

»Ich glaube nicht, daß ich deinen Posten haben möchte, Colin«, sagte Hardcastle nachdenklich.
»Es ist nicht so aufregend, wie die Leute meinen«, sagte ich. »Gewöhnlich ist es sogar eine langweilige und mühsame Arbeit. Außerdem hat man heutzutage das Gefühl, daß nichts wirklich geheim *ist*. Wir kennen ihre Geheimnisse, und sie kennen unsere. Unsere Agenten arbeiten oft auch für sie, und ihre Agenten sind oft auch unsere Agenten. Und schließlich wird es zu einem Alptraum, wer wen betrügt. Manchmal meine ich, daß jeder jedermanns Geheimnisse kennt, und alle eine Art Verschwörung eingehen und sich benehmen, als wüßten sie nichts davon.«
»Ich verstehe«, sagte Dick, »und mir wird klar, wieso du dich noch in der Gegend von Portlebury aufhältst. Aber Crowdean ist gut zehn Meilen von Portlebury entfernt.«
»Weißt du, wofür ich mich augenblicklich interessiere? Für Crescents ›halbmondförmige Straßen‹«, sagte ich. Hardcastle sah mich verblüfft an. »Ja, oder Monde. Neumonde, zunehmende und so weiter. Mit den Nachforschungen habe ich in Portlebury selbst angefangen. Da gibt es eine Kneipe, ›The Crescent Moon‹ – ›Zum zunehmenden Mond‹ genannt. Das klang ideal. Dann gibt es ›Der Mond und die Sterne‹ – und vieles mehr. War alles nichts. Dann gab ich die Mond-Lokale auf und fing mit den Straßen an. Verschiedene Crescents in Portlebury. Lansbury Crescent . . . Lach nicht, Dick. Ich hatte etwas Greifbares, das mich darauf brachte.«
Ich zog meine Brieftasche heraus, entnahm ihr ein Stück Papier und gab es ihm. Es war ein Hotelbriefbogen mit einer grob gezeichneten Skizze.
»Das war in der Brieftasche eines Mannes namens Hanbury. Hanbury hat gute Arbeit geleistet im Fall Larkin. Er wurde aus einem fahrenden Auto heraus mit einer Maschinenpistole erschossen. Ich weiß nicht, was es bedeutet, aber Hanbury muß das, was er da kopierte, für wichtig gehalten haben. Irgend etwas, was mit einem Mond, einer rund oder halbrund verlaufenden Straße zu tun hat, mit der Nummer

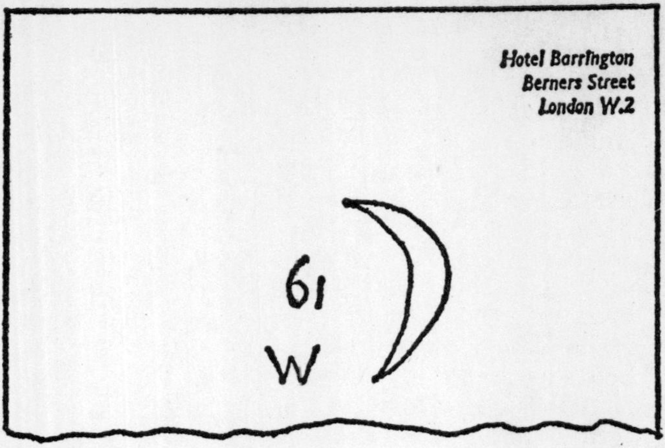

61 und dem Buchstaben W. Nach seinem Tod übernahm ich den Fall. Ich weiß noch nicht, wonach ich suchen soll, bin mir aber ziemlich sicher, daß es etwas zu finden gibt. Ich bin ganz systematisch vorgegangen, erst in Portlebury selbst, dann in seiner Umgebung – unermüdlich, drei Wochen lang. Crowdean liegt auf meiner Route. Das ist alles. Offen gestanden, Dick, ich versprach mir nicht viel von Crowdean. Hier gibt es nur Wilbraham Crescent. Paßt gut zu dem W., nicht? Ich wollte Wilbraham Crescent entlanggehen und sehen, was ich von Nr. 61 zu halten habe, ehe ich dich fragen wollte, ob du irgend etwas wüßtest, was mir helfen könnte. Damit war ich heute nachmittag gerade beschäftigt – aber ich konnte Nr. 61 nicht entdecken.«

»Wie ich dir schon sagte, wohnte ein Architekt in Nr. 61, der aus Crowdean stammt.«

»Und nach dem suche ich nicht. Arbeitet dort eine ausländische Hilfe?«

»Könnte sein. Falls ja, muß sie registriert sein. Ich werde morgen nachsehen. Morgen führe ich Ermittlungen in den

beiden Häusern rechts und links von Nr. 19 durch ... Ich könnte eigentlich die Häuser direkt *hinter* Nr. 19 einbeziehen. Du kannst mitkommen, wenn du magst.«
»Ich werde dein Sergeant Lamb sein und Notizen machen.«
Als ich am folgenden Morgen um 9.30 Uhr aufs Polizeirevier kam, schäumte mein Freund vor Wut.
»Diese verdammten Uhren! Eine fehlt ... der Reisewecker, auf dem ›Rosemary‹ stand. Gestern nachmittag waren sie noch alle im Wohnzimmer. Dann holten sie die Leiche ab. Ich ging bis zur Gartenpforte mit, dann zurück ins Haus und sagte Miss Pebmarsh, daß ich die Uhren mitnehmen müsse. Ich gab ihr eine Quittung darüber ... dann sagte ich dem Mädchen, ich würde es in einem unserer Wagen nach Hause bringen lassen, und bat dich, sie zum Auto zu begleiten.«
»Ja.«
»Ich gab Miss Pebmarsh die Quittung und sagte Edwards, daß ich die Uhren im Wohnzimmer sorgfältig eingepackt und hierhergebracht haben wollte. Alle, außer der Kukkucksuhr und der Standuhr natürlich. Und da hätte ich klar und deutlich von *vier* Uhren reden sollen. Edwards besteht darauf, daß neben den beiden zur Wohnung gehörenden Uhren nur noch drei vorhanden gewesen seien.«
»Viel Zeit war nicht«, sagte ich langsam. »Es heißt –«
»Diese Pebmarsh könnte die Uhr genommen haben, nach dem ich das Zimmer verlassen hatte, und geradewegs damit in die Küche gegangen sein ... Aber warum? Wir müssen noch so viel herausfinden. Wer kommt denn noch in Frage? Könnte es das Mädchen gewesen sein?«
Ich dachte nach. »Ich glaube nicht. Ich ...« Mir fiel etwas ein.
»Sie war es also«, sagte Hardcastle. »Sprich weiter. Wann war es?«
»Wir wollten gerade zum Auto gehen«, erklärte ich unglücklich. »Sie hatte ihre Handschuhe vergessen ... ›ich weiß genau, wo ich sie hingelegt habe. Jetzt, wo die Leiche

weg ist, macht es mir nichts mehr aus, in das Zimmer zu gehen‹, so hat sie sich ungefähr ausgedrückt und bestand darauf, sie selbst zu holen. Es dauerte aber höchstens eine Minute . . .«

»Hatte sie ihre Handschuhe an oder in der Hand, als sie wieder zurückkam?«

Ich zögerte.

»Ja . . . ja, ich glaube schon.«

»Offensichtlich nicht«, sagte Hardcastle, »sonst hättest du jetzt nicht gezögert.«

»Sie hatte sie wahrscheinlich in ihre Handtasche gesteckt.«

»Das Dumme ist nur«, bemerkte Hardcastle in anklagendem Ton, »daß du dich in das Mädchen verguckt hast.«

»Sei doch nicht so blöd«, verteidigte ich mich heftig. »Ich habe das Mädchen gestern zum ersten Mal gesehen, und es war nicht gerade das, was man eine romantische Begegnung nennen könnte.«

»Dessen bin ich mir nicht so sicher«, meinte Hardcastle. »Es passiert nicht jeden Tag, daß jungen Männern Mädchen in die Arme fallen, die nach der bewährten Art unserer Großmütter um Hilfe schreien. Nur – du mußt jetzt aufhören, das Mädchen zu beschützen. Sie steckt schon bis zum Hals in dieser Mordsache drin.«

»Begreifst du denn nicht«, erklärte ich empört, »daß mir in meinem Beruf täglich wunderschöne Spioninnen aller Nationalitäten begegnen? Ich bin immun gegen derartige weibliche Verführungskünste.«

»Keiner entgeht seinem Waterloo«, grinste Hardcastle. »Es kommt immer auf den Typ an. Sheila Webb scheint dein Typ zu sein«, seufzte er. »Ich will ihr gar nichts anhängen – aber ich brauche dir nicht zu sagen, wie oft der Mensch, der eine Person tot fand, derjenige ist, der sie als letzter lebend sah.«

»Als ich kurz nach drei ins Zimmer kam, war der Mann mindestens schon eine halbe Stunde tot, wahrscheinlich länger. Was sagst du jetzt?«

»Sheila Webb hatte von 13.30 bis 14.30 Uhr Tischzeit.«

Ich sah ihn ärgerlich an.
»Was hast du über Curry herausgefunden?«
Hardcastle sagte mit unerwarteter Bitterkeit: »Nichts! Er existiert nicht. Auch die Metropolis and Provincial Insurance Company existiert nicht. Es gibt auch keine Danvers Street. Er könnte ein Schwindler gewesen sein oder für ein privates Detektivbüro gearbeitet haben. Wir wissen es einfach nicht... aber wir werden es schon noch herausbekommen. Wir haben seine Fingerabdrücke eingeschickt, um zu sehen, ob er irgendwelche Vorstrafen hat. Wenn ja, wird das ein großer Schritt vorwärts sein. Wenn nicht, wird es kompliziert.«
»Ein privater Schnüffler«, sagte ich nachdenklich. »Das paßt mir eigentlich. Es eröffnet Möglichkeiten. Wann ist die gerichtliche Leichenschau?«
»Übermorgen. Reine Formalität und dann Vertagung – erstochen mit einem scharfen Gegenstand. So etwas wie ein Küchenmesser.«
»Das entlastet Miss Pebmarsh, nicht wahr? Eine blinde Frau könnte kaum einen Mann erdolchen. Sie *ist* doch blind, nicht wahr?«
»O ja, sie ist blind. Wir haben es überprüft. Es stimmt auch, daß sie Mathematiklehrerin an einer North-Country-Schule war – verlor ungefähr vor sechzehn Jahren ihr Augenlicht –, lernte Blindenschrift usw. und bekam schließlich eine Stellung am Aaronberg-Institut hier.«
»Vielleicht können wir von den Nachbarn etwas Brauchbares erfahren.«
»Das bezweifle ich«, sagte Hardcastle bitter. »Und wenn der Mann im Vorgarten erstochen und von zwei maskierten Männern ins Haus getragen worden wäre – niemand hätte aus dem Fenster geschaut oder etwas bemerkt. Um eins sind auch die Putzfrauen schon weg.«
»Kein Rentner, der den ganzen Tag am Fenster sitzt?«
»Den suchen wir – aber wir haben bisher noch keinen gefunden. In Nr. 18 wohnen Mr. Waterhouse, Bürovorsteher im

Notariat Gainsford & Swettenham, und seine Schwester. Von der Frau, die in Nr. 20 wohnt, weiß ich nur, daß sie ungefähr zwanzig Katzen besitzt. Ich mag Katzen nicht . . .«

8

Mr. Waterhouse blicke nervös auf seine Schwester.
»Und ich kann dich wirklich allein lassen? Ich meine nur in Anbetracht dessen, was gestern nebenan passiert ist?«
»Gibt es irgendeinen Grund, James, daß ich heute ermordet werden sollte, weil gestern jemand im Haus nebenan umkam. Es gibt da übrigens Gerüchte, daß die Abrechnungen im Aaronberg-Institut nicht stimmen sollen und ein Prüfer Miss Pebmarsh befragen sollte . . . ich glaube das ja nicht, ich halte die Frau für einen einwandfreien Charakter – obwohl einige ihrer Ansichten schon ziemlich extravagant sind . . . aber, wie gesagt, wann sollte sich deswegen jemand an *mir* vergreifen, James?«
Das wäre wirklich höchst unwahrscheinlich, dachte ihr Bruder. Wenn jemand das versuchen wollte, dann war es wahrscheinlicher, daß der Angreifer mit einem Schürhaken lahmgelegt wurde. Er sah auf die Uhr.
»Oje, ich fürchte, ich werde mich arg verspäten. Auf Wiedersehen also. Paß gut auf dich auf. Vielleicht solltest du lieber die Kette vor die Tür legen?«
Miss Waterhouse knurrte wieder verächtlich. Nachdem sie hinter ihrem Bruder die Tür geschlossen hatte, wollte sie sich gerade nach oben zurückziehen, als sie nachdenklich stehenblieb, dann zu ihrer Golftasche ging, einen Schläger hervorholte und ihn in strategisch günstiger Lage bei der Vordertür abstellte. Sie war in ihrem Schlafzimmer, als Mrs. Head rasch die Stufen emporlief:
»Zwei Herren möchten Sie sprechen . . . Eigentlich sind es keine Herren – Polizei.« Sie hielt Miss Waterhouse eine

Karte hin. »Inspektor Hardcastle«, las Miss Waterhouse. »Haben Sie sie ins Wohnzimmer geführt?«
»Nein. Ich hab sie nur ins Eßzimmer gelassen ... ist ja nur die Polizei.«
Miss Waterhouse konnte dieser Logik nicht ganz folgen und sagte nur kurz: »Ich komme.« Sie marschierte nach unten und betrat das Eßzimmer. Hinter ihrer üblichen kriegerischen Miene verbarg sich eine gute Portion Neugier.
»Guten Morgen, Miss Waterhouse.« Hardcastle war aufgestanden. Er hatte einen jungen dunkelhaarigen Mann bei sich, den zu begrüßen Miss Waterhouse nicht für nötig hielt. Sie schenkte seinem leise gemurmelten »Sergeant Lamb« keine Beachtung.
»Ich hoffe, ich spreche nicht zu früh bei Ihnen vor«, sagte Hardcastle. »Aber Sie können sich wohl schon denken, worum es geht.«
»Mord im Nachbarhaus pflegt gewöhnlich nicht unbeachtet zu bleiben«, sagte Miss Waterhouse. »Ich mußte sogar ein oder zwei Reporter wegschicken, die hierherkamen und fragten, ob ich etwas bemerkt hätte.«
»Sie haben sie weggeschickt? Das war recht. Natürlich sind die in der Lage, sich überall Eingang zu verschaffen. Aber ich bin sicher, daß Sie mit *dieser* Sorte fertig werden.«
Miss Waterhouse nahm das Kompliment gnädig entgegen.
»Hoffentlich nehmen Sie es mir nicht übel, wenn ich die gleichen Fragen stelle«, fuhr Hardcastle fort, »doch wenn Sie etwas gesehen haben, das uns interessieren könnte, wären wir Ihnen außerordentlich dankbar, wenn Sie uns darüber berichten würden. Sie waren um diese Zeit im Hause?«
»Ich weiß nicht, wann der Mord begangen wurde«, erwiderte Miss Waterhouse.
»Zwischen halb zwei und halb drei, vermuten wir.«
»Ja, da war ich bestimmt hier ... Nein, mein Bruder kommt zum Mittagessen nicht nach Hause. Wer wurde denn eigentlich ermordet? Der kurze Bericht in der hiesigen Morgenzeitung sagte es wohl nicht.«

»Wir wissen noch nicht, wer er war«, sagte Hardcastle, »ein Fremder.«
»Meinen Sie etwa, daß er auch für Miss Pebmarsh ein Fremder war?«
»Miss Pebmarsh versicherte uns, daß sie keine Ahnung habe, wer er ist.«
»Was für eine Art Mann war er denn?«
Hardcastle zog ein Foto aus einem Umschlag und reichte es ihr. Miss Waterhouse betrachtete es.
»Nein. Nein . . . ich bin sicher, daß ich ihn noch nie gesehen habe. Er sieht aus wie ein ordentlicher Mann.«
»Er war ein sehr achtbar aussehender Mann«, bestätigte der Inspektor. »Ich glaube nicht, daß er ahnte, daß ihm der Tod bevorstand, als der Mord geschah.«
»Was sagt Miss Pebmarsh zu all dem?« fragte Miss Waterhouse.
»Es ist ihr unerklärlich. Können Sie uns vielleicht irgendwie helfen, Miss Waterhouse? Wenn Sie an gestern zurückdenken – waren Sie einmal am Fenster, sagen wir zwischen halb eins und drei? Oder vielleicht zufällig im Garten?«
Miss Waterhouse überlegte.
»Ja, ich war im Garten . . . Es muß vor eins gewesen sein. Ich kam zehn vor eins aus dem Garten, wusch mir die Hände und setzte mich zum Essen hin.«
»Haben Sie gesehen, ob Miss Pebmarsh das Haus verließ oder ins Haus zurückkam?«
»Ich glaube, sie kam – ich hörte das Tor quietschen . . . Ja, irgendwann nach 12.30 Uhr, wie gewöhnlich.«
»Nach ihren eigenen Angaben ging Miss Pebmarsh etwa um halb zwei wieder fort. Könnten Sie das bestätigen?«
»Nun, die genaue Zeit könnte ich nicht angeben, aber ich erinnere mich, daß sie an der Pforte vorbeikam.«
»Verzeihung, Miss Waterhouse, Sie sagten ›an der Pforte vorbeikam‹.«
»Gewiß. Ich war im Wohnzimmer Das geht auf die Straße hinaus, während das Eßzimmer, in dem wir jetzt sitzen, zum

hinteren Garten hinausgeht. Ich trank meinen Kaffee nach dem Mittagessen im Wohnzimmer und saß am Fenster. Ich las die *Times* und blätterte wohl gerade eine Seite um, als ich Miss Pebmarsh an der vorderen Pforte vorbeigehen sah. Ist da etwas Besonderes dabei?«

»Nein, nichts Besonderes«, beruhigte der Inspektor sie lächelnd. »Ich war nur der Meinung, daß Miss Pebmarsh ein paar Besorgungen machte und zur Post ging, und ich dachte, der nächste Weg dahin führe in entgegengesetzter Richtung.«

»Das hängt davon ab, welche Läden Sie aufsuchen wollen«, sagte Miss Waterhouse.

»Vielleicht geht aber Miss Pebmarsh für gewöhnlich um diese Zeit bei Ihnen vorbei?«

»Ja, nun, ich weiß nicht, um welche Zeit Miss Pebmarsh gewöhnlich weggeht und in welche Richtung. Ich passe eigentlich nicht so genau auf meine Nachbarn auf, Inspektor. Ich bin eine vielbeschäftigte Frau und habe genug mit meinen eigenen Dingen zu tun. Manche Leute bringen ihre Zeit damit zu, aus dem Fenster zu schauen, und haben nichts Besseres zu tun, als sich über die Angelegenheiten ihrer Nachbarn den Kopf zu zerbrechen oder zu klatschen.«

Der Inspektor war sicher, daß sie dabei an eine bestimmte Person dachte. Er sagte schnell »Ja, ja« und fügte hinzu: »Da Miss Pebmarsh an Ihrer Vordertür vorbeigang, könnte sie telefonieren gegangen sein, nicht wahr? Ist dort nicht die öffentliche Fernsprechzelle?«

»Ja, gegenüber von Nr. 15.«

»Die wichtigste Frage, die ich Ihnen stellen möchte, Miss Waterhouse, ist, ob Sie die Ankunft dieses Mannes beobachtet haben – des geheimnisvollen Mannes, wie ihn die Morgenzeitungen wohl nennen.«

Miss Waterhouse schüttelte den Kopf.

»Nein, ich habe weder ihn noch einen anderen Besucher gesehen.«

»Was taten Sie zwischen halb zwei und halb drei Uhr?«

»Etwa eine halbe Stunde verbrachte ich damit, das Kreuzworträtsel in der *Times* zu lösen, dann ging ich in die Küche und wusch ab. Ich schrieb ein paar Briefe und ging dann nach oben, um Sachen für die Reinigung herauszulegen. Ich glaube, ich bemerkte vom Schlafzimmerfenster aus eine gewisse Aufregung nebenan. Ich hörte deutlich jemanden schreien, und daraufhin trat ich natürlich ans Fenster. An der Pforte standen ein junger Mann und ein Mädchen. Er schien es zu umarmen.«

Sergeant Lamb verlagerte sein Gewicht von einem Fuß auf den andern, aber Miss Waterhouse sah nicht in seine Richtung und hatte offensichtlich keine Ahnung, daß er der betreffende junge Mann war.

»Ich konnte nur seinen Hinterkopf sehen. Er schien mit dem Mädchen zu debattieren. Schließlich lehnte er es gegen den Türpfosten. Merkwürdige Sache. Und dann eilte er ins Haus.«

»Sie hatten Miss Pebmarsh nicht kurz zuvor ins Haus zurückkehren sehen?«

Miss Waterhouse schüttelte den Kopf.

»Nein. Ich glaube, daß ich tatsächlich erst aus dem Fenster sah, als ich diese ungewöhnlichen Schreie hörte. Ich habe dem jedoch keine besondere Bedeutung beigemessen. Erst als einige Wagen mit Polizisten eintrafen, wurde mir klar, daß etwas Ungewöhnliches passiert sein mußte.«

»Was machten Sie dann?«

»Ich trat natürlich vors Haus, stand auf den Stufen und ging dann in den hinteren Garten. Ich fragte mich, was wohl geschehen sei, aber von dort aus konnte man nicht viel erkennen. Als ich wieder zur Vordertür zurückging, hatte sich eine kleine Menschenmenge angesammelt. Jemand sagte mir, daß in dem Haus ein Mord verübt worden sei. Das erschien mir *höchst* ungewöhnlich!«

»Natürlich – sagen Sie, Miss Waterhouse, hat vor kurzem eine Versicherungsgesellschaft an Sie geschrieben oder ein Vertreter Sie besucht, der eine Versicherung abschließen wollte?«

»Nein, niemand hat wegen einer Versicherung an mich geschrieben oder wollte deswegen vorbeikommen.«
»Keine Briefe, die jemand mit dem Namen Curry unterzeichnet hatte?«
»Curry? Nein. Der Name sagt mir auch nichts. Sollte er?«
Hardcastle lächelte.
»Nein, es ist nur zufällig der Name, den sich der Ermordete zugelegt hatte.«
»War es nicht sein richtiger Name?«
»Wir haben einigen Anlaß zu glauben, daß es nicht sein wirklicher Name war.«
»Irgendein Betrüger also?« fragte Miss Waterhouse.
»Das können wir erst sagen, wenn wir es beweisen können.«
»Natürlich – Sie müssen vorsichtig sein, ich weiß. Nicht wie einige Leute hier in der Gegend. Ich wundere mich, daß sich manche nicht ständig vor Gericht wegen übler Nachrede zu verantworten haben.«
»Üble Nachrede – so«, Sergeant Lamb öffnete zum ersten Mal seinen Mund. Miss Waterhouse sah ihn erstaunt an und sagte dann: »Es tut mir ehrlich leid, daß ich Ihnen nicht helfen kann.«
»Ich bedauere das auch«, antwortete Hardcastle. »Jemand mit Ihrer Intelligenz und Urteilsfähigkeit, mit Ihrer Beobachtungsgabe wäre ein sehr nützlicher Zeuge gewesen.«
»Ich wünschte, ich *hätte* etwas gesehen«, sagte Miss Waterhouse, und einen Augenblick lang klang ihre Stimme so sehnsüchtig wie die eines jungen Mädchens.
»Ihr Bruder, Mr. James Waterhouse?«
»James würde nichts wissen«, sagte Miss Waterhouse geringschätzig. »Er weiß nie etwas. Und außerdem war er bei Gainsford & Swettenham in der High Street. Wie gesagt, er kommt nicht zum Essen nach Hause. Gewöhnlich bestellt er sich Sandwichs und Kaffee in den ›Three Feathers‹.«
»Danke vielmals, Miss Waterhouse. Wir wollen Sie nicht länger aufhalten.«
Inspektor Hardcastle stand auf und ging in die Diele. Miss

Waterhouse begleitete ihn, und Lamb folgte. Colin Lamb nahm den Golfschläger an der Tür zur Hand.
»Nettes Ding«, sagte er, »recht schweres Kaliber. Ich sehe, Miss Waterhouse, daß Sie auf alle Eventualitäten vorbereitet sind.«
Miss Waterhouse war etwas verwirrt. »Ich weiß wirklich nicht, wie dieser Golfschläger hierherkommt!« Sie nahm ihn und steckte ihn wieder in den Golfsack.
»Eine sehr weise Vorsichtsmaßnahme«, sagte Hardcastle.
Miss Waterhouse öffnete die Tür und ließ sie hinaus.
»Nun«, sagte Colin Lamb seufzend, »aus ihr haben wir nicht viel herausbekommen, obwohl du ihr die ganze Zeit so geschmeichelt hast. Ist das deine übliche Methode?«
»Manchmal führt es bei jemand ihres Typs zu guten Ergebnissen. Die zähe Sorte reagiert immer auf Komplimente.«
»Sie schnurrte zum Schluß wie ein Kätzchen, dem man Sahne vorgesetzt hat«, meinte Colin, »nur schade, daß nichts von Belang dabei herausgekommen ist.«
»Nein?« fragte Hardcastle. »Immerhin – Miss Pebmarsh ging zur Post und zu den Läden, aber sie ging nach *links* statt nach *rechts*, und nach Aussage von Miss Martindale wurde etwa zehn Minuten vor zwei angerufen.«
Colin sah ihn verwundert an.
»Du glaubst trotz ihres Dementis noch immer, daß sie es getan haben könnte? Sie klang aber sehr überzeugend und ehrlich.«
»Ja«, sagte Hardcastle unverbindlich, »sie war sich ihrer Sache sehr sicher ... Warum sie es getan haben sollte? *Warum* dieses ganze Theater? Wenn Miss Pebmarsh anrief, warum wollte sie, daß das Mädchen kam? Wenn es jemand anderes war, warum wollte man Miss Pebmarsh mit hineinziehen? Bisher wissen wir noch gar nichts. Wenn diese Martindale Miss Pebmarsh persönlich gekannt hätte, wüßte sie, ob es ihre Stimme war oder nicht, zumindest, ob sie es hätte sein können. Na ja, von Nr. 18 haben wir nicht viel erfahren. Vielleicht haben wir in Nr. 20 mehr Glück.«

9

Nr. 20 hatte neben der Nummer auch noch einen Namen – Diana Lodge. Die Gartenpforten waren bewehrt mit Draht gegen eventuelle Eindringlinge. Weiterhin erschwerten es ziemlich traurige und schlecht beschnittene Lorbeerhecken, das Tor zu passieren. »Warum es wohl Diana Lodge heißt?« wunderte sich Colin. Der Garten war verwildert und roch vor allem nach Katzen. Das Haus schien reparaturbedürftig zu sein. Nur die Tür war mit hellblauer Farbe frisch gestrichen worden, was aber die sonstige Vernachlässigung nur noch mehr ins Auge fallen ließ. Hardcastle betätigte den Klingelzug. Nach ein oder zwei Minuten hörten sie merkwürdige Geräusche hinter der Tür, dazu eine Art Singsang.

»Nein, Süßes. Hierher, Liebling, Kleo-Kleopatra. Ah, Lou-Lou!« Türen wurden geschlossen, ehe sich endlich die Eingangstür öffnete. Vor ihnen stand eine Dame in einem moosgrünen, ziemlich abgetragenen Nachmittagskleid aus Samt. Um die Schultern trug sie einen Kragen aus gelblichem Pelz ...

»Mrs. Hemming?« fragte Inspektor Hardcastle zweifelnd.

»Ich bin Mrs. Hemming. Ruhig, Sonnenstrahl, ruhig ...«

Erst da bemerkte der Inspektor, daß der gelbliche Pelz in Wirklichkeit eine Katze war – und nicht die einzige. Drei andere strichen miauend um die Röcke ihrer Herrin.

»Ich bin Inspektor Hardcastle.«

»Hoffentlich kommen Sie wegen dieses fürchterlichen Mannes vom Tierschutzverein – ich hab ihn angezeigt. Zu behaupten, daß meine Katzen unter Bedingungen lebten, die ihrer Gesundheit nicht zuträglich seien! Ich *lebe* für meine Katzen, Inspektor! Sha-Sha-Mimi, nicht dorthin!«

Sha-Sha-Mimi kümmerte sich nicht um die Hand, die sie zurückhalten wollte, und sprang auf den Garderobentisch.

»Kommen Sie herein«, sagte Mrs. Hemming, »bitte ...« Sie öffnete eine Tür zur Linken. Hier war der Geruch noch unerträglicher. Überall lagen Bürsten und Kämme mit Katzenhaa-

ren herum, dazu mindestens sechs weitere Katzen auf verblichenen, schmuddeligen Kissen.
Unglücklicherweise war Inspektor Hardcastle allergisch gegen Katzen, und wie gewöhnlich stürzten sich die Tiere gleich auf ihn. Tapfer, wie er war, preßte er die Lippen aufeinander und litt schweigend. Schließlich sagte er:
»Ob ich Ihnen wohl ein paar Fragen stellen dürfte, Mrs. Hemming, über . . .«
»Was Sie wollen«, unterbrach Mrs. Hemming ihn. »Ich habe nichts zu verbergen. Ich kann Ihnen das Katzenfutter zeigen, ihre Betten . . .«
»Es hat nichts mit *Katzen* zu tun«, betonte Hardcastle. »Ich wollte über diese unglückselige Angelegenheit nebenan sprechen. Sie haben vermutlich davon gehört.«
»Sie meinen den Hund von Mr. Joshua?«
»Nein, keineswegs. Ich meine Nr. 19, wo gestern ein Mann ermordet aufgefunden wurde.«
»Wirklich?« bemerkte Mrs. Hemming mit höflichem Interesse, aber auch nicht mehr. Ihre Augen schweiften immer noch über die Katzen.
»Waren Sie wohl gestern nachmittag zu Hause? Zwischen halb zwei und halb drei?«
»O ja. Ich kaufe gewöhnlich sehr früh ein und gehe gleich wieder heim, damit ich für meine Lieblinge das Essen zubereiten und sie dann kämmen und bürsten kann.«
»Und Sie haben nebenan nichts bemerkt? Polizeiwagen, Rettungswagen – so etwas?«
»Ich fürchte, ich habe nicht aus den Vorderfenstern gesehen – ich habe hinten nach Arabella gesucht, einer ganz jungen Katze. Sie war auf einen Baum geklettert, und ich hatte Angst . . .«
»Ob ich mir wohl diesen hinteren Garten einmal ansehen darf?« fragte Hardcastle, denn inzwischen überschritt das Interesse der Katzen an ihm die Grenzen seiner Belastbarkeit.
»Natürlich, gern«, erklärte Mrs. Hemming und führte sie

aus dem Zimmer. »Schließen Sie bitte die Tür, der Wind ist kalt heute, und ich möchte nicht, daß sich meine Lieblinge erkälten. Außerdem sind da diese fürchterlichen Jungen . . .«
»Welche fürchterlichen Jungen?« fragte Hardcastle.
»Die zwei von Mrs. Ramsay – am südlichen Ende der Straße. Unsere Gärten stoßen fast aneinander. Sie haben eine Schleuder . . .«
Der hintere Garten war nicht besser als der vordere. Nach Colins Ansicht verschwendeten sie hier nur ihre Zeit. Durch das dicke Gestrüpp konnte man unmöglich Miss Pebmarshs Garten sehen. Diana Lodge konnte man als isoliert stehendes Haus betrachten.
»Nr. 19 sagten Sie«, fragte Mrs. Hemming, und stand etwas unschlüssig mitten im Garten still. »Aber ich dachte, dort wohnt nur eine Person – eine blinde Frau.«
»Der Ermordete war kein Bewohner des Hauses.«
»Ach so«, meinte Mrs. Hemming, »er ging dorthin, um ermordet zu werden. Wie seltsam!«
»Das«, sagte Colin nachdenklich zu sich selbst, »ist eine verdammt treffende Bemerkung.«

10

Sie fuhren Wilbraham Crescent entlang, bogen rechts in die Albany Road ein und dann wieder rechts in die zweite Hälfte von Wilbraham Crescent.
»Ganz einfach«, sagte Hardcastle.
»Wenn man's weiß«, ergänzte Colin.
»Nr. 61 stößt eigentlich an Mrs. Hemmings Haus – aber eine Ecke grenzt auch an Nr. 19, und das genügt. Da hast du gleich Gelegenheit, dir Mr. Bland anzusehen. Sie haben übrigens keine ausländische Hilfe.«
Der Wagen hielt, und die beiden Männer stiegen aus. »Das ist aber ein Prachtexemplar von einem Vorstadtgarten!«

sagte Colin ironisch angesichts der exakt angelegten Beete, der zahlreichen Gartenzwerge und ähnlicher Kunstwerke. »Meinst du, daß er um diese Zeit zu Hause ist?«

Hardcastle klingelte.

»Ich habe ihn angerufen und gefragt, wann es ihm passe.«

In diesem Augenblick fuhr ein schicker, kleiner Reisewagen in die Garage, die offensichtlich erst kürzlich angebaut worden war. Mr. Josaiah Bland stieg aus, warf die Tür zu und kam auf sie zu. Er war mittelgroß, kahl und hatte ziemlich kleine blaue Augen. Er gab sich jovial.

»Inspektor Hardcastle? Kommen Sie doch gleich mit hinein.«

Er führte sie in das Wohnzimmer, dessen Einrichtung vom Wohlstand seines Bewohners zeugte.

»Setzen Sie sich bitte«, sagte Mr. Bland. »Rauchen Sie? Oder nur, wenn Sie nicht im Dienst sind?«

Hardcastle lehnte dankend ab.

»Auch nichts zu trinken, nehme ich an? Vermutlich auch besser – für uns beide«, meinte Mr. Bland. »Worum geht es also? Wohl die Geschichte in Nr. 19? Die Ecken unserer Gärten stoßen zwar aneinander, aber wir haben eigentlich keinen rechten Blick hinüber, es sei denn, von den Fenstern oben. Scheint eine merkwürdige Geschichte zu sein – freue mich, Gelegenheit zu haben, ein paar Tatsachen zu hören. Sie haben keine Ahnung, was für Gerüchte umgehen! Meine Frau ist ganz nervös bei dem Gedanken, daß ein Mörder frei herumläuft. Das Schlimme ist, daß sie heutzutage all die Verrückten aus den Anstalten entlassen. Ja – und die Gerüchte!!! Der Milchmann sagte mir, der Mann sei mit Bilderdraht erdrosselt worden, der Zeitungsmann meinte ... Aber die alte Dame war es doch wohl nicht, oder? Ein unbekannter Mann, berichteten die Zeitungen, soll umgebracht worden sein!«

Endlich gelang es dem geduldig lächelnden Hardcastle, zu Wort zu kommen.

»Nun, was das ›unbekannt‹ anbelangt – er *hatte* eine Karte mit einer Adresse in der Tasche. Da wir gerade über das Opfer sprechen – vielleicht sehen Sie sich *das* einmal an?«

Wieder zeigte er das Polizeifoto.
»Das ist er also, nicht?« sagte Bland. »Sieht aus wie ein Durchschnittsbürger, nicht? So wie Sie und ich. Man darf wohl nicht fragen, ob ein besonderer Grund vorlag, daß er ermordet wurde?«
»Es ist noch zu früh, darüber zu sprechen. Ich wollte gern von Ihnen, Mr. Bland, wissen, ob Sie diesen Mann je zuvor gesehen haben.«
Bland schüttelte den Kopf.
»Bestimmt nicht. Ich habe ein gutes Gedächtnis für Gesichter.«
»Er hat Sie nicht unter einem Vorwand aufgesucht – wollte etwas verkaufen, eine Versicherung . . .?«
»Nein, nein. Ganz bestimmt nicht.«
»Vielleicht sollten wir Ihre Frau mal fragen. Schließlich hätte er ja *sie* angetroffen, falls er hierherkam«, schlug Hardcastle vor.
»Ja, das ist richtig. Ich weiß allerdings nicht, ob . . . Valerie geht es gesundheitlich nicht besonders, wissen Sie. Ich möchte sie nicht aufregen . . . das Bild ist wohl aufgenommen, als er tot war?«
»Hast du von mir gesprochen, Josaiah?«
Die Tür vom Nebenraum wurde aufgestoßen, und eine Frau mittleren Alters trat ein. Hardcastle kam zu dem Schluß, daß sie hinter der Tür gehorcht haben mußte.
»Ah, da bist du ja. Ich dachte, du schliefst noch! Das ist meine Frau – Inspektor Hardcastle.«
»Dieser schreckliche Mord!« murmelte Mrs. Bland und setzte sich gehorsam aufs Sofa. Sie sah blutarm aus und hatte all die Allüren einer Kranken, die ihren Zustand durchaus genießt. Sie erinnerte Hardcastle an jemanden, den er erst kürzlich gesprochen hatte, es fiel ihm aber nicht ein, an wen. Sie fuhr mit ihrer dünnen, leicht klagenden Stimme fort:
»Mir geht es nicht besonders, Inspektor Hardcastle, deswegen will mir mein Mann Schock und Aufregung ersparen. Sie sprachen von einem Foto, glaube ich – von dem Foto des

Ermordeten. Ich weiß nicht, ob ich es fertigbringe, es mir anzusehen!«

»Sie ist ganz wild darauf«, dachte Hardcastle bei sich. Etwas boshaft meinte er:

»Vielleicht sollte ich Sie dann lieber nicht darum bitten, Mrs. Bland. Ich dachte nur, daß Sie uns vielleicht helfen könnten, falls der Mann irgendwann mal hier vorgesprochen hat.«

»Ich muß wohl meine Pflicht tun, nicht wahr?«

Sie streckte die Hand aus und sah sich die Fotografie genau und, wie der Inspektor dachte, mit einer gewissen Enttäuschung an.

»Er sieht eigentlich gar nicht tot aus – gar nicht, als ob er *ermordet* worden wäre. Wurde er – er kann doch nicht erwürgt worden sein?«

»Erstochen«, erklärte der Inspektor. »Sie glauben nicht, daß Sie ihn vielleicht schon einmal gesehen haben, Mrs. Bland?«

»Nein«, antwortete sie. »Nein, leider ... Versicherungsvertreter? Ach so, nein, so jemand war nicht hier. Du erinnerst dich doch auch nicht, daß ich so was erwähnt hätte, Josaiah?«

»Nicht, daß ich wüßte«, erwiderte Mr. Bland.

»War er verwandt mit Miss Pebmarsh? Nein? – Wie merkwürdig!«

»Sie kennen Miss Pebmarsh?«

»O ja, ich meine als Nachbarin natürlich. Sie hat meinen Mann ein- oder zweimal wegen des Gartens um Rat gefragt.«

»Sie sind ein begeisterter Gärtner, nehme ich an?« fragte Hardcastle.

»Eigentlich nicht«, meinte Bland bescheiden. »Nicht die Zeit dazu. Natürlich kann mir keiner was vormachen. Aber ich habe einen ausgezeichneten Burschen – kommt zweimal die Woche –, gibt wohl keinen Garten hier in der Nähe, der sich mit unserm messen kann, aber ich bin kein richtiger Gärtner wie mein Nachbar weiter unten, in Nr. 63, McNaughton heißt er. Der lebt nur für seinen Garten. Redet über nichts als Kompost – aber darüber wollen Sie sicherlich nicht mit mir sprechen.«

»Eigentlich nicht«, gab der Inspektor zu. »Ich fragte mich nur, ob Sie oder Ihre Frau vielleicht gestern im Garten waren. Schließlich stößt er, wie Sie schon sagten, an Nr. 19, und der Zufall brachte es vielleicht mit sich, daß Sie gestern nachmittag etwas Interessantes beobachtet – oder gehört haben? Zwischen ein und drei Uhr?«
Bland schüttelte den Kopf.
»Um diese Zeit haben Valerie und ich gegessen, und unser Eßzimmer geht auf die Straße hinaus ... Wir essen gewöhnlich so gegen eins – manchmal wird es halb zwei. Danach legt sich meine Frau immer hin, und wenn nicht zu viel los ist, mache ich auch ein Nickerchen. Ich muß so gegen Viertel vor drei das Haus verlassen haben. Aber im Garten bin ich leider gar nicht gewesen.«
»Nun ja, wir müssen eben jeden fragen«, seufzte Hardcastle. »Übrigens haben Sie es sehr nett hier – Sie haben an nichts gespart, wenn ich so sagen darf.«
Bland lachte gutmütig.
»Wir haben es gern hübsch. Vor einem Jahr erbte meine Frau Geld von einem Onkel, den sie seit fünfundzwanzig Jahren nicht mehr gesehen hatte. Wir haben uns was leisten können, und wir wollen in diesem Spätherbst eine Schiffsreise machen. Ich habe sogar schon mit dem Gedanken gespielt, hier alles zu verkaufen und nach Spanien oder Portugal zu ziehen. Viele machen das – spart Einkommensteuer und all das. Aber meine Frau hält nichts davon.«
»Ich reise gern, möchte aber nicht außerhalb Englands leben«, erklärte Mrs. Bland. »Hier haben wir unsere Freunde – und meine Schwester wohnt hier, und jeder kennt uns. Und wir haben einen guten Arzt, der meinen Zustand wirklich begreift – ich hätte *gar kein* Zutrauen zu ausländischen Ärzten.«
Bland begleitete Hardcastle und Colin zur Tür und bedauerte nochmals, daß er ihm nicht besser helfen konnte.
»Was hältst du von ihm?« fragte Hardcastle.
»Ich möcht' mir von ihm kein Haus bauen lassen«, meinte Colin. »Aber hinter einem unehrlichen Baumeister bin ich

nicht her. Ich suche einen Mann, der sich mit Leib und Seele einer Sache verschrieben hat. Und was deinen Mordfall anbelangt, hier hast du kein Glück. Wenn allerdings Bland seine Frau mit Arsen füttern und dann eine schicke Blonde heiraten sollte . . .«

»Darum werden wir uns kümmern, wenn es soweit ist. Inzwischen werden wir uns weiter mit *diesem* Mord befassen.«

11

Mrs. Ramsay in Nr. 62 sprach sich selber Mut zu: Nur noch zwei Tage, nur noch zwei Tage. Sie strich sich eine Haarsträhne aus der Stirn. Aus der Küche kam ein Höllenlärm. Mrs. Ramsay verspürte wenig Neigung festzustellen, was der Krach bedeutete. Aber schließlich – *nur noch zwei Tage!* Sie riß die Küchentür auf und sagte viel weniger scharf, als sie es vor drei Wochen getan haben würde:

»Was habt ihr denn nun schon wieder angestellt?«

»Tut mir leid, Mum«, sagte ihr Sohn Bill. »Wir haben nur mit diesen Büchsen ein bißchen um die Wette gekegelt, und irgendwie sind sie in das untere Fach vom Geschirrschrank gerollt.«

»Das haben wir nicht gewollt«, stimmte sein jüngerer Bruder Ted ein.

»Also los, hebt alles auf, tut es wieder in den Schrank und kehrt die Scherben weg. Werft sie in den Mülleimer!«

»Aber, Mum, doch nicht ich!« sagte Bill. »Ted kann sie wegräumen!«

»Das könnte dir so passen, immer ich! Ich räume sie nicht weg, wenn du nicht mitmachst.«

»Wetten, daß . . .« Im nächsten Augenblick war ein heftiger Ringkampf im Gange.

»Raus aus der Küche«, rief Mrs. Ramsay, und fing selber an

aufzuräumen. Noch zwei Tage – dann sind sie wieder in der Schule. Ein himmlischer Gedanke für jede Mutter!
In dem Moment erklang wildes Geschrei. Erschreckt wandte sie den Kopf. Aber sie rasten nur in den Garten. Sie hoffte bloß, daß sie Mrs. Hemmings Katzen in Ruhe lassen würden. Weniger der Katzen wegen, sondern weil der Draht um Mrs. Hemmings Garten die Shorts der beiden zerreißen könnte.
Ein fürchterlicher Aufschrei brach plötzlich ab. Ihm folgte eine solche Stille, daß Mrs. Ramsay Schrecken in ihrer Brust aufsteigen spürte. Die Stille war wirklich höchst unnatürlich. Die Küchentür ging auf, und Bill stand da. Sein Gesicht zeigte einen für seine elf Jahre höchst ungewöhnlichen Ausdruck von Ehrfurcht, fast Ekstase.
»Mum«, sagte er, »ein Inspektor ist da und noch ein Mann mit ihm.«
»Oh«, seufzte Mrs. Ramsay erleichtert. »Was will er denn?«
»Er hat nach dir gefragt, aber es wird wohl wegen des Mordes sein – weißt du, bei Miss Pebmarsh gestern.«
Mrs. Ramsay, dicht gefolgt von Bill, ging ins Wohnzimmer. Dort standen zwei Männer, und ihr jüngerer Sohn Ted starrte sie mit weitaufgerissenen Augen bewundernd an.
»Mrs. Ramsay?«
»Guten Morgen.«
»Ich nehme an, diese jungen Herren haben Ihnen gesagt, daß ich Inspektor Hardcastle bin? Dürfen wir uns setzen?«
»O bitte!«
»Ihr braucht nicht hierzubleiben«, sagte Hardcastle freundlich zu den beiden Jungen.
»Wir gehen aber nicht raus«, sagte Bill.
»Wir gehen nicht«, echote Ted.
Hardcastle ging zur Tür und öffnete sie. Er sah die beiden an: »Raus!«
Ohne zu mucksen, verließen die Jungen das Zimmer. Wie wunderbar! dachte Mrs. Ramsay. Warum gelingt mir das nur nicht?

Hardcastle setzte sich wieder.
»Wenn es wegen der Sache in Nr. 19 ist«, sagte sie nervös, »da kann ich Ihnen bestimmt nichts sagen, Inspektor. Ich weiß überhaupt nichts. Ich kenne nicht einmal die Leute, die da wohnen.«
»Dort wohnt eine Miss Pebmarsh. Sie ist blind und arbeitet im Aaronberg-Institut.«
»Ach so«, meinte Mrs. Ramsay. »Ich kenne kaum jemanden auf der anderen Seite der Straße, fürchte ich.«
»Waren Sie gestern zwischen halb eins und drei Uhr hier?«
»O ja. Kurz vor drei bin ich mit den Jungen ins Kino gegangen.«
»Würden Sie mir bitte sagen, ob Sie diesen Mann schon einmal gesehen haben?« fragte der Inspektor und gab ihr das Foto.
Jetzt, als sie darauf sah, zeigte sich Mrs. Ramsay etwas interessierter.
»Nein«, sagte sie, »ich glaube nicht. Ich wüßte allerdings auch nicht, ob ich mich an ihn erinnern würde, falls ich ihn gesehen hätte.«
»Er ist nie hier aus irgendeinem Grund ins Haus gekommen?«
»Nein, nein. Bestimmt nicht«, erwiderte Mrs. Ramsay und schüttelte jetzt entschiedener den Kopf.
»Wir haben Grund zu der Annahme, daß er Curry hieß, Mr. R. Curry.«
»Leider habe ich während der Ferien keine Zeit, *irgend etwas* zu sehen oder zu beobachten«, sagte sie entschuldigend.
»Da gibt es immer viel zu tun, nicht wahr? Nette Jungen, die Sie da haben. Sehr intelligent, würde ich meinen. Ich möchte mich mit ihnen unterhalten, ehe ich gehe, wenn Sie nichts dagegen haben. Manchmal bemerken Jungen Dinge, die niemandem sonst auffallen«, sagte Hardcastle.
»Ich wüßte nicht, wie sie etwas bemerkt haben könnten. Wir wohnen ja nicht nebenan oder so.«
»Aber Ihre Gärten stoßen aneinander.«

»Ja, das schon«, gab Mrs. Ramsay zu. »Aber sie sind völlig voneinander getrennt.«
»Kennen Sie Mrs. Hemming von Nr. 20?«
»In gewisser Beziehung schon«, sagte Mrs. Ramsay, »wegen ihrer Katzen und diesem und jenem ... Das Theater, das diese Frau mit den Tieren macht – aber die Jungen sind in Ordnung, sie würden nie eine Katze quälen.«
Der andere junge Mann, der schweigend Notizen gemacht hatte, überraschte sie etwas, als er jetzt den Mund aufmachte. »Sie sollten sich eines von diesen ausländischen Mädchen nehmen, *au pair* heißt es wohl – ›komm und hilf, dafür kannst du Englisch lernen‹.«
»Vermutlich sollte ich so etwas mal versuchen«, überlegte Mrs. Ramsay, »obwohl ich immer meine, daß Ausländer anders sind. Mein Mann lacht mich deswegen aus. Er versteht natürlich mehr davon als ich. Ich bin nicht so viel im Ausland gewesen wie er.«
»Er ist zur Zeit verreist, nicht wahr?« fragte Hardcastle.
»Ja, er mußte Anfang August nach Schweden. Er ist Bauingenieur. Ein Jammer, daß er gerade zu Beginn der Ferien fort mußte. Er ist so nett mit den Kindern. Eigentlich spielt er viel lieber mit der elektrischen Eisenbahn als die Jungen ... Männer sind da wie die Kinder«, sagte sie nachsichtig.
»Wann erwarten Sie ihn zurück, Mrs. Ramsay?«
»Das weiß ich nie.« Sie seufzte. »Es ist ziemlich – schwierig.« Ihre Stimme zitterte. Colin sah sie aufmerksam an.
»Wir wollen Sie nicht länger aufhalten, Mrs. Ramsay«, sagte Hardcastle und stand auf. »Könnten die Jungen uns vielleicht den Garten zeigen?«
Bill und Ted warteten in der Diele und waren von der Idee begeistert. Hinten im Garten stand ein Apfelbaum mit leuchtend roten Äpfeln, daneben ein Birnbaum.
»*Da* ist es«, sagte Ted und zeigte durch die Lücke zwischen den Bäumen, durch die die Rückseite von Miss Pebmarshs Haus deutlich zu sehen war. »Das ist Nr. 19, wo der Mord passierte.«

»Von den oberen Fenstern kann man es wahrscheinlich noch besser sehen«, meinte der Inspektor.
»Stimmt«, bestätigte Bill. »Wenn wir nur gestern da oben rausgesehen hätten! Dann hätten wir vielleicht was gesehen.«
»Wir waren im Kino«, ergänzte Ted.
»Wart ihr gestern einmal im Garten?«
»O ja, ab und zu – das heißt, den ganzen Vormittag. Wir haben aber nichts gehört oder gesehen ... Miss Pebmarsh kennen wir. Sie ist blind, aber sie kann ganz allein im Garten spazierengehen – braucht keinen Stock oder sonst etwas. Sie hat uns mal einen Ball zurückgeworfen – anständig, nicht?«
»Gestern habt ihr sie nicht gesehen?«
Die Jungen verneinten es.
»Vormittags sieht man sie nie«, erklärte Bill. »Gewöhnlich kommt sie erst nach dem Tee in den Garten.«
Colin untersuchte einen Wasserschlauch, der an einen Hahn am Haus angeschlossen war und bis in die Nähe des Birnbaums reichte.
»Wußte gar nicht, daß Birnbäume gesprengt werden müssen«, meinte er.
»Oh«, sagte Bill und sah etwas peinlich berührt aus.
»Andererseits«, fuhr Colin fort, »wenn ihr auf den Baum klettert« – er grinste die Jungen an – »dann kann man eine Katze mit einem tüchtigen Wasserstrahl abspritzen, nicht wahr?«
Beide Buben scharrten mit den Füßen auf dem Kies und sahen überall hin, nur nicht auf Colin.
»Klettert ihr manchmal durch Mrs. Hemmings Zaun?«
»Doch nicht durch diesen Draht hier!« sagte Ted unvorsichtigerweise. »Man kann schon durch den Zaun – in Miss Pebmarshs Garten, und von da in Mrs. Hemmings. Da ist ein Loch im Zaun.«
»Kannst du nicht den Mund halten, du Idiot?« fauchte Bill.
»Vermutlich habt ihr ein bißchen nach Spuren gesucht, als

ihr aus dem Kino kamt und hörtet, was passiert war? Ihr seid doch bestimmt durch den Zaun gekrochen, in den Garten von Nr. 19 gegangen und habt euch gut umgesehen . . .«

»Nun . . .« Bill hielt vorsorglich inne.

»Es ist durchaus möglich«, sagte Hardcastle ernsthaft, »daß ihr etwas gefunden habt, was uns entgangen ist. Wenn ihr – äh – etwas aufgelesen habt, wäre ich euch sehr dankbar, wenn ihr es mir zeigen würdet.«

Bill kam zu einem Entschluß: »Hol's, Ted«, und Ted sauste davon und kam mit einem schmutzigen, zusammengeknoteten Taschentuch wieder. Hardcastle knüpfte es auf und breitete den Inhalt aus: ein Tassenhenkel, eine Scherbe, eine rostige Gabel, eine Münze, ein Stückchen irisierendes Glas, eine halbe Schere . . .

»Interessante Sammlung«, sagte der Inspektor ernst. Ihm taten die Jungen mit ihren gespannten Gesichtern leid, und er nahm das Stückchen Glas. »Das könnte vielleicht irgend etwas bedeuten.«

Colin hatte nach der Münze gegriffen und untersuchte sie.

»Keine englische«, sagte Ted.

»Nein«, bestätigte Colin, »keine englische.« Er sah Hardcastle an. »Vielleicht sollten wir die auch mitnehmen.«

»Sagt keinem ein Wort davon«, bat Hardcastle die Jungen im Ton eines Verschwörers. Begeistert versprachen sie es.

12

»Ramsay«, sagte Colin nachdenklich . . . »Klingt nicht schlecht. Er reist ins Ausland – auf Abruf. Seine Frau sagt, er sei Bauingenieur, und mehr scheint sie nicht über seine Arbeit zu wissen.«

»Sie ist nett«, meinte Hardcastle.

»Ja – und nicht besonders glücklich.«

»Erschöpft, nichts weiter. Kinder *sind* anstrengend.«

»Dahinter steckt mehr.«
»Die Person, die du suchst, würde sich doch sicherlich nicht mit einer Frau und zwei Söhnen belasten«, gab Hardcastle skeptisch zu bedenken.
»Man kann nie wissen. Du würdest überrascht sein, womit manche Burschen sich tarnen. Eine Witwe, die sich hart plagen muß mit ein paar Kindern, könnte sich vielleicht zu einem Arrangement bereitfinden ... Ich meine, sie würde bereit sein, als Mrs. Ramsay aufzutreten und eine respektable Fassade abzugeben. Natürlich würde er ihr etwas Geeignetes vorschwatzen. Er spioniere ein bißchen für uns – alles sehr patriotisch.«
Hardcastle schüttelte den Kopf.
»Du lebst in einer merkwürdigen Welt, Colin.«
»Ja, da hast du wohl recht. Eines Tages muß ich damit aufhören ... Man verliert jedes Maß für Menschen und Verhältnisse. Die Hälfte dieser Leute arbeitet für beide Seiten, und schließlich wissen sie selber nicht mehr, wo sie hingehören. Aber machen wir lieber mit unserer Arbeit weiter.«
»Wir nehmen uns jetzt am besten die McNaughtons vor«, sagte Hardcastle und blieb vor der Pforte von Nr. 63 stehen. »Genau wie bei Bland stößt ein Stück seines Gartens an Nr. 19. Ich weiß nicht viel über die Bewohner. Sie kamen vor etwa einem Jahr hierher. Ein älteres Ehepaar, pensionierter Professor, glaube ich.«
Eine muntere junge Frau in einer hellen, geblümten Schürze öffnete ihnen die Tür.
»Sie wünschen? – Ja?«
Hardcastle murmelte: »Endlich die ausländische Hilfe«, und gab ihr seine Karte.
»Polizei«, sagte die junge Frau. Sie ging ein oder zwei Schritte zurück und sah Hardcastle an, als wäre er der Teufel persönlich.
»Mrs. McNaughton«, sagte Hardcastle.
Sie führte sie ins Wohnzimmer, das auf den hinteren Garten hinausging.

»Sie ist oben«, erklärte die junge Frau, ging in die Halle und rief: »Mrs. McNaughton – Mrs. McNaughton!«
Aus der Entfernung fragte eine Stimme: »Ja. Was gibt's, Gretel?«
»Es ist die Polizei – zwei Polizei. Ich sie ins Wohnzimmer gebracht.«
»Oje, oje, was denn noch alles«, klang es von oben. Dann hörte man Schritte, und sogleich trat Mrs. McNaughton mit besorgtem Gesicht ein. Nichts Ungewöhnliches bei ihr, dachte Hardcastle.
»Oje«, sagte sie wieder. »Inspektor ... wie ... Hardcastle, o ja. Weswegen wollen Sie *uns* denn sprechen? Wir wissen nichts davon. Ich meine, ich vermute, es *ist* wegen des Mordes, nicht? Es ist doch nicht wegen der Fernsehantenne?«
Hardcastle beruhigte sie, daß es nicht deswegen sei.
»Es kommt einem alles so merkwürdig vor, nicht wahr?« sagte Mrs. McNaughton erleichtert. »Wissen Sie, ich glaube, ich habe gestern jemanden schreien hören; Angus behauptete aber, daß es diese schrecklichen Bengel von Mrs. Ramsay gewesen wären.«
Wieder legte Hardcastle das Foto vor.
»Haben Sie diesen Mann schon einmal gesehen, Mrs. McNaughton?«
»Ich glaube ja. Ja, ich bin praktisch überzeugt davon. Aber wo? War es der Mann, der mir gestern eine neue Enzyklopädie in vierzehn Bänden verkaufen wollte? Oder war es der mit dem neuen Staubsaugermodell? Ich wollte nichts mit ihm zu tun haben, und er ging wieder und belästigte meinen Mann im Vordergarten. Angus setzte gerade irgendwelche Zwiebeln und wollte nicht gestört werden. Der Kerl behauptete, daß das neue Modell sozusagen alles könne, bis Angus schließlich fragte: ›Kann es Tulpenzwiebeln setzen?‹, und da mußte ich schon lachen, denn der Mann wurde auf einmal stumm und ging.«
»Und Sie sind sicher, daß es der Mann auf diesem Foto gewesen ist?«

»Nun, nicht so ganz . . . wenn ich genau überlege, war es ein jüngerer Mann. Trotzdem, ich glaube, daß ich dieses Gesicht schon einmal gesehen *habe*. Ja, er wollte bestimmt etwas verkaufen.«

»Vielleicht eine Versicherung?«

»Nein – darum kümmert sich mein Mann. Aber trotzdem – je länger ich das Foto betrachte –«

Hardcastle war kaum ermutigt. Aus Erfahrung wußte er, daß manche Frauen um der Sensation willen jemanden gesehen haben wollen, der ihnen nie im Leben begegnet ist. Mrs. McNaughton war so ein Typ. Er seufzte.

»Ich glaube, er fuhr einen Lieferwagen«, sagte Mrs. McNaughton. »Aber wann ich ihn gesehen habe, das weiß ich nicht mehr. Ich glaube, es war ein Bäckerwagen.«

»Sie haben ihn nicht gestern gesehen, Mrs. McNaughton?«

Ihr Gesicht wurde leicht bekümmert.

»Nein, nein. Gestern nicht . . . zumindest . . . ich *glaube* nicht . . . Vielleicht kann sich mein Mann erinnern – er ist im Garten.«

»Vielleicht könnten wir einmal mit ihm sprechen.«

»Natürlich. Kommen Sie bitte.«

Sie ging voran durch eine Seitentür in den Garten. Mr. McNaughton schwitzte kräftig.

»Diese Herren sind von der Polizei, Angus«, sagte seine Frau atemlos. »Wegen des Mordes bei Miss Pebmarsh. Sie haben ein Foto von dem Ermordeten. Weißt du, ich habe ihn irgendwo schon mal gesehen. War es vielleicht der Mann, der vorige Woche fragte, ob wir Antiquitäten zu verkaufen hätten?«

»Ich werde mir das Foto mal ansehen«, sagte Mr. McNaughton. »Halten Sie es bitte. Meine Hände sind zu schmutzig, um etwas anzufassen.«

Er warf einen kurzen Blick darauf und stellte fest: »Hab den Burschen nie in meinem Leben gesehen.«

»Ihr Nachbar sagte mir, daß Sie ein begeisterter Gärtner sind«, sagte Hardcastle.

»Wer hat das gesagt – doch nicht Mrs. Ramsay?«
»Nein, Mr. Bland.«
Angus McNaughton knurrte.
»Bland hat keine Ahnung, was ein Gärtner überhaupt ist. Wissen Sie, ein Gärtner, der sich so lange Jahre mit Büschen . . .«
»Ich fürchte, ich spreche wegen einer sehr viel weniger erfreulichen Sache bei Ihnen vor«, mit dieser Bemerkung erstickte Hardcastle einen langen Vortrag über Pflanzen und Büsche bereits im Keime.
»Natürlich. Die Geschichte gestern. Ich war im Garten, wissen Sie, als es passierte.«
»Wirklich?«
»Nun, damit will ich sagen, ich war hier, als das Mädchen schrie . . . Getan hab ich deswegen gar nichts. Ich dachte eigentlich, es wäre einer von diesen verdammten Ramsay-Bengels. Die brüllen immer so und machen Krach.«
»Aber dieser Schrei kam doch bestimmt nicht aus dieser Richtung?«
»Das wäre nicht der Fall, wenn diese verdammten Bengel in ihrem eigenen Garten bleiben würden. Aber die kriechen immer durch anderer Leute Hecken und Zäune. Sie jagen diese verwünschten Katzen von Mrs. Hemming durch die Gegend. Es ist niemand da, der sie in Zucht hält, das ist es. Ihre Mutter ist viel zu schwach. Natürlich geraten die Jungen außer Rand und Band, wenn kein Mann im Hause ist.«
»Mr. Ramsay ist viel im Ausland, soviel ich weiß.«
»Bauingenieur, glaube ich«, sagte Mr. McNaughton unbestimmt. »Immer unterwegs. Dämme wohl oder Ölleitungen oder so. Ich weiß es nicht genau. Vor einem Monat mußte er ganz plötzlich nach Schweden. Und die arme Mutter saß da mit der ganzen Arbeit und den Jungen. Es sind keine schlechten Jungen, nein, aber Disziplin fehlt.«
»Sie selber haben nichts weiter bemerkt – außer dem Schrei, meine ich? Um welche Zeit war das übrigens?«
»Keine Ahnung«, sagte Mr. McNaughton. »Ich nehme im-

mer meine Uhr ab, ehe ich in den Garten gehe ... Wie spät war's wohl, Liebling? Du hast es doch auch gehört, nicht?«

»Es muß etwa halb drei gewesen sein – mindestens eine halbe Stunde, nachdem wir mit dem Mittagessen fertig waren ... Wir essen, wenn's gutgeht, um halb zwei. Unsere dänische Hilfe hat kein Zeitgefühl.«

»Und legen Sie sich anschließend ein bißchen hin?«

»Manchmal. Heute nicht. Ich möchte mit meiner Arbeit vorankommen ... ich bin beim Komposthaufen ...«

»Eine herrliche Sache, so ein Komposthaufen«, sagte Hardcastle feierlich, und Mr. McNaughtons Gesicht strahlte sofort. Begeistert packte er Hardcastle am Arm und zog ihn zur Ecke des Zaunes, der seinen Garten von dem von Nr. 19 trennte. Dort, umgeben von Fliederbüschen, lag der Komposthaufen in voller Pracht.

Hardcastle sah nachdenklich zu Nr. 19 hinüber. Auf der andern Seite des Zauns war eine Rosenpergola, die bis zur Rückseite des Hauses führte.

»Sie haben nicht zufällig jemanden im Garten von Nr. 19 gesehen oder jemanden, der dort drüben aus dem Fenster schaute, als Sie am Komposthaufen arbeiteten?«

McNaughton schüttelte den Kopf.

»Habe überhaupt nichts gesehen, Inspektor.«

»Weißt du, Angus«, sagte seine Frau nachdenklich, »ich glaube, ich habe eine Gestalt durch den Garten von Nr. 19 schleichen sehen.«

»Ich glaube das nicht, meine Liebe«, sagte ihr Mann fest. »Und du glaubst es doch wohl selbst nicht, wenn du es dir genau überlegst.«

»Die Frau würde behaupten, *alles* gesehen zu haben«, brummte Hardcastle, als sie wieder im Wagen saßen.

»Du meinst nicht, daß sie das Foto erkannt hat?«

Hardcastle bezweifelte es.

»Sie *möchte* gern, daß sie ihn gesehen hätte. Diesen Typ von Zeugen kenne ich nur zu gut. Als ich sie festnageln wollte, konnte sie nichts bestätigen, oder?«

»Nein . . . natürlich *könnte* sie ihm im Bus gegenübergesessen haben oder so. Aber ich glaube auch, daß es Wunschdenken war.«
»Wir haben nicht viel erreicht«, seufzte Hardcastle. »Natürlich gibt es da einige Dinge, die merkwürdig sind. Zum Beispiel scheint es fast unmöglich, daß Mrs. Hemming – ganz gleich, wie beschäftigt sie mit ihren Katzen ist – so wenig von ihrer Nachbarin Miss Pebmarsh wissen sollte. Und auch, daß sie so ungewöhnlich geringes Interesse für den Mord zeigt.«
Sie waren wieder beim Polizeirevier angelangt. Hardcastle grinste seinem Freund zu: »Also, Sergeant Lamb, für heute haben Sie Ihre Pflicht getan.«
»Keine Besuche mehr?«
»Nein, jetzt nicht. Später muß ich noch einen machen, aber den Besuch erledige ich allein.«
»Gut. Schönen Dank für heute. Kannst du meine Notizen abschreiben lassen?« Er gab sie Hardcastle. »Um welche Zeit ist die Leichenschau übermorgen?«
»Elf.«
»Gut. Ich werde dasein. Ich muß morgen nach London – über die jüngsten Entwicklungen berichten.«
»Ich kann mir denken, wem du berichtest.«
»Das darfst du gar nicht.«
Hardcastle grinste.
»Grüß den alten Jungen schön.«
»Vielleicht muß ich auch einen Spezialisten aufsuchen, reine Dickköpfigkeit . . . Einen Spezialisten aus deiner Branche.«
»Scotland Yard?«
»Nein. Privatdetektiv – ein Freund meines Vaters – und von mir. Deine phantastische Sache hier liegt ganz auf seiner Linie. Sie wird ihm gefallen – und ihn aufheitern. Mir ist so, als ob er das brauchen könnte.«
»Wie heißt er?«
»Hercule Poirot.«

»Ich hab von ihm gehört. Ich dachte, er lebt nicht mehr.«
»Er lebt noch. Aber ich habe das Gefühl, daß er sich langweilt. Das ist schlimmer, als tot zu sein.«
Hardcastle sah ihn neugierig an.
»Du bist ein merkwürdiger Bursche, Colin. Du hast so komische Freunde.«
»Dich eingeschlossen«, sagte Colin und grinste.

13

Nachdem Colin gegangen war, sah Inspektor Hardcastle auf die säuberlich in sein Notizbuch eingetragene Adresse und nickte. Dann steckte er das Buch wieder ein und befaßte sich mit den täglichen Schreibarbeiten, die es zu erledigen gab.
Es war ein harter Tag für ihn. Sergeant Cray berichtete, daß keine brauchbaren Hinweise eingegangen seien. Niemand auf dem Bahnhof oder vom Personal in den Bussen hatte Mr. Curry gesehen. Die Laboratoriumsuntersuchung der Kleidung endete ergebnislos. Der Anzug war von einem guten Schneider angefertigt, doch der Name des Schneiders entfernt worden. Wollte Mr. Curry anonym bleiben? Oder wollte sein Mörder, daß er es blieb? Einzelheiten über sein Gebiß waren den zuständigen Leuten mitgeteilt worden – gewöhnlich kamen in solchen Fällen von Zahnärzten sehr nützliche Hinweise –, nur dauerte der Informationseingang meistens sehr lange. Angenommen aber, daß Mr. Curry ein Ausländer gewesen war? Hardcastle dachte darüber nach. Es könnte sein, daß der Tote ein Franzose war – andererseits war seine Kleidung jedoch auf keinen Fall französisch. Auch die Wäschereizeichen hatten bisher zu keinem Ergebnis geführt.
Hardcastle war nicht ungeduldig. So eine Identifizierung war meistens eine langwierige Angelegenheit. Letzten Endes meldete sich aber immer jemand: die Wäscherei, ein Zahn-

arzt, ein Arzt, ein Verwandter – meistens die Ehefrau oder die Mutter –, und wenn niemand aus diesem Kreise, dann bestimmt die Hauswirtin. Das Foto des toten Mannes würde allen Polizeirevieren zugehen, würde in den Zeitungen veröffentlicht werden. Früher oder später würde die wahre Identität von Mr. Curry bekannt werden. Inzwischen gab es noch andere Arbeit, nicht nur die Aufklärung des Falles Curry.

Als es halb sechs war, beschloß Hardcastle, daß es jetzt Zeit für seinen Besuch wäre.

Sergeant Cray hatte berichtet, daß Sheila Webb ihrer Arbeit im Cavendish-Schreibbüro wieder nachgehen würde, daß sie um fünf Uhr zu Professor Purdy ins Curlew Hotel bestellt sei und dort erst nach sechs Uhr wieder wegginge.

Wie war doch der Name der Tante? Lawton – Mrs. Lawton, Palmerstone Road Nr. 14. Er beschloß, den kurzen Weg zu Fuß zu gehen.

Palmerstone Road war eine düstere Straße, die einmal bessere Tage gesehen hatte. Als er um die Ecke bog, zögerte ein Mädchen, das ihm entgegenkam, einen Augenblick. Flüchtig dachte der Inspektor, daß es ihn wohl nach dem Weg fragen wollte. Aber das Mädchen blieb stumm und ging an ihm vorbei. Er wunderte sich, wieso er plötzlich an Schuhe denken mußte. Schuhe ... Nein, ein Schuh. Das Gesicht des Mädchens kam ihm irgendwie bekannt vor. Wer war es – jemand, den er erst kürzlich gesehen hatte ...? Vielleicht hatte das Mädchen ihn erkannt und wollte ihn sprechen?

Er sah ihr einen Augenblick lang nach. Sie ging jetzt ziemlich schnell. Das Dumme ist, dachte er, daß es eines dieser Dutzendgesichter hat, die man kaum im Gedächtnis behält, wenn es keinen besonderen Grund dafür gibt. Blaue Augen, heller Teint, leicht geöffneter Mund. Mund. Das erinnerte ihn an etwas. Etwas, was es mit dem Mund getan hatte? Gesprochen? Lippenstift aufgetragen? Nein. Er ärgerte sich ein wenig über sich selbst. Hardcastle war stolz auf sein Personengedächtnis. Er vergaß nie ein Gesicht, das er einmal auf

der Anklagebank oder im Zeugenstand gesehen hatte. Aber es gab natürlich auch andere Orte. Er würde sich zum Beispiel kaum an jede Kellnerin erinnern, die ihn bedient hatte, oder an jede Busschaffnerin.
Er war jetzt bei Nr. 14 angelangt. Die Tür stand offen, und es gab vier Klingelknöpfe mit Namen darunter. Mrs. Lawton hatte eine Wohnung im Erdgeschoß. Er trat ein und drückte auf die Klingel links vom Eingang. Nach einiger Zeit hörte er Schritte, und eine große, dünne Frau mit wirren dunklen Haaren öffnete. Sie trug einen Overall und schien etwas außer Atem zu sein.
»Mrs. Lawton?«
»Ja?« Sie sah ihn mißtrauisch und verärgert an.
Sie muß ungefähr fünfundvierzig sein, dachte er. Ihre Erscheinung hatte etwas Zigeunerhaftes an sich.
»Ich würde mich freuen, wenn Sie einen Augenblick Zeit für mich hätten.«
»Worum geht es? Ich habe wirklich schon genug zu tun.« Dann fügte sie in scharfem Ton hinzu: »Sie sind doch nicht etwa ein Reporter?«
»Ich kann mir denken, daß Sie von vielen Reportern belästigt worden sind . . . Sehr ärgerlich, ich weiß. Ich wünschte, wir könnten es Ihnen ersparen, Mrs. Lawton. Ich bin übrigens Inspektor Hardcastle. Mir ist der Fall übertragen worden, dessentwegen Sie die Reporter behelligt haben.«
»Es ist eine Schande, Privatleute so zu belästigen, wie die es tun . . . Aber kommen Sie doch herein.«
Sie trat zurück, der Inspektor schritt über die Schwelle, und sie schloß die Tür. Auf der Matte lagen ein paar Briefe. Mrs. Lawton bückte sich danach, aber der Inspektor kam ihr höflich zuvor. Seine Augen schweiften schnell darüber, ehe er sie ihr gab, die Adressen nach oben.
»Danke.«
Sie legte die Briefe auf den Tisch in der Diele.
»Kommen Sie bitte ins Wohnzimmer. Entschuldigen Sie mich einen Augenblick? Ich glaube, es kocht etwas über.«

Sie zog sich schnell in die Küche zurück. Inspektor Hardcastle sah noch einmal auf die Briefe. Einer war an Mrs. Lawton adressiert, die beiden andern an Miss R. S. Webb. Dann ging er in den kleinen, ziemlich wahllos und schäbig eingerichteten Raum. Aber ein paar Gegenstände, die gar nicht in den Raum passen wollten, erregten seine Aufmerksamkeit: ein schönes Samtkissen, ein vermutlich sehr kostbares venezianisches Glas und eine hübsche Schale aus gebranntem Ton. Entweder die Tante oder die Nichte muß eine künstlerische Ader haben, dachte er.

Als Mrs. Lawton noch atemloser als zuvor zurückkam, entschuldigte sich der Inspektor noch einmal.

»Es tut mir leid, daß ich zu ungelegener Zeit komme. Ich war aber zufällig in der Nähe und wollte noch ein paar Punkte wegen dieser Angelegenheit überprüfen, in die Ihre Nichte leider verwickelt worden ist. Ich hoffe, daß ihr das Erlebnis nicht geschadet hat. Es würde jedem Mädchen einen tüchtigen Schock versetzt haben.«

»Ja«, bestätigte Mrs. Lawton. »Sheila kam in einer fürchterlichen Verfassung zurück. Heute morgen war sie aber wieder soweit in Ordnung und ist deshalb pünktlich zur Arbeit gegangen.«

»O ja, ich weiß. Mir wurde aber gesagt, daß sie jetzt irgendwo auswärts arbeitet, und da wollte ich sie nicht stören. Ich dachte daher, es wäre besser, wenn ich hierherkäme und mit ihr spräche. Sie ist aber noch nicht zurück?«

»Sie wird wohl spät kommen«, meinte Mrs. Lawton. »Sie arbeitet für einen Professor Purdy, und nach Sheilas Aussage hat dieser Mann überhaupt kein Zeitgefühl. Manchmal ist das sehr ärgerlich. Kann ich Ihnen vielleicht inzwischen helfen?«

»Eigentlich nicht«, erwiderte der Inspektor lächelnd. »Wir haben neulich natürlich nur ein paar Angaben zur Person notiert, und ich weiß nicht einmal, ob ich die alle richtig aufgeschrieben habe.« Er tat, als befrage er sein Notizbuch noch einmal. »Also – Miss Sheila Webb – das ist ihr voller Name, oder hat sie noch einen Vornamen? Wir müssen alles sehr korrekt vermerken – wegen des Protokolls für die Leichenschau . . .«

»Die ist übermorgen, nicht wahr? Sie hat eine Aufforderung bekommen, sich dort einzustellen.«

»Ja, doch deswegen braucht sie sich keine Sorgen zu machen«, sagte Hardcastle. »Sie braucht nur zu erzählen, wie sie die Leiche fand.«

»Sie wissen noch nicht, wer der Mann war?«

»Nein, so weit sind wir noch nicht, fürchte ich. Er hatte eine Karte bei sich, und wir dachten zunächst, er wäre ein Versicherungsvertreter. Aber jetzt sieht es so aus, als hätte ihm jemand anders diese Karte gegeben. Vielleicht wollte er sich versichern lassen.«

»Oh, ich verstehe«, sagte Mrs. Lawton mit einer Spur von Interesse.

»So, jetzt möchte ich gern den Namen genau wissen. Ich glaube, wir haben Miss Sheila Webb oder Miss Sheila R. Webb notiert. Ich weiß wirklich nicht mehr, wie der zweite Vorname lautete. War es Rosalie?«

»Rosemary«, berichtigte Mrs. Lawton, »sie wurde Rosemary Sheila getauft; aber Sheila dachte immer, daß Rosemary viel zu phantasievoll wäre; deswegen wird sie immer nur Sheila genannt.«

»Ach so.« Nichts in Hardcastles Stimme verriet, wie zufrieden er war, daß eine seiner Vermutungen sich bestätigt hatte. Er merkte auch, daß der Name Rosemary keinerlei Gemütsbewegung bei Mrs. Lawton hervorrief. Für sie war es nur ein Vorname, den ihre Nichte nicht benutzte.

»Soviel ich weiß, kam Ihre Nichte aus London und hat in den letzten zehn Monaten für das Cavendish-Schreibbüro gearbeitet. Das genaue Datum ihres Eintritts dort wissen Sie wohl nicht?«

»Irgendwann Ende November.«

»Das genügt schon. Ehe sie die Stellung im Cavendish-Büro annahm, hat sie nicht bei Ihnen gewohnt?«

»Nein, vorher wohnte sie in London ... irgendwo habe ich die Adresse. Allington Grove oder so ähnlich – in der Nähe von Fulham. Sie wohnte mit zwei anderen Mädchen zusammen. Zimmer sind schrecklich teuer in London.«
»Erinnern Sie sich an den Namen der Firma, für die sie dort arbeitete?«
»O ja. Hopgood & Trent. Eine Maklerfirma in der Fulham Road.«
»Danke. Das scheint alles klar zu sein. Miss Webb ist Waise, wenn ich recht verstehe?«
»Ja.« Mrs. Lawton wurde unruhig. Ihre Augen gingen zur Tür. »Könnte ich wohl einen Augenblick in die Küche gehen?«
»Natürlich.« Hardcastle öffnete ihr die Tür. Er fragte sich, ob er sich tatsächlich nicht getäuscht hatte, daß seine letzte Frage Mrs. Lawton in irgendeiner Weise unangenehm gewesen war. Bisher waren ihre Antworten schnell und glatt gekommen. Darüber dachte er nach, bis sie wiederkam.
»Entschuldigung, aber Sie wissen ja, wie das mit dem Kochen ist. Hatten Sie noch eine Frage? Mir ist übrigens eingefallen, daß die frühere Adresse nicht Allington Grove war, sondern Carrington Grove, Nr. 17.«
»Danke«, sagte der Inspektor. »Ich glaube, ich fragte gerade, ob Miss Webb Waise ist.«
»Ja. Ihre Eltern sind tot.«
»Schon lange?«
»Sie starben, als sie noch ein Kind war.«
Etwas wie eine Spur von Ablehnung lag in ihrer Stimme.
»Ist sie das Kind Ihrer Schwester oder Ihres Bruders?«
»Meiner Schwester.«
»Ach so. Und was war Mr. Webb von Beruf?«
Mrs. Lawton schwieg einen Augenblick, ehe sie antwortete. Sie biß sich auf die Lippe. Dann sagte sie: »Ich weiß nicht ... Ich meine, ich weiß es nicht mehr; es ist schon so lange her.«
Hardcastle wartete, denn er wußte, daß sie weiterreden würde, und das tat sie auch.

»Darf ich fragen, was das alles zu tun hat mit ... Ich meine, was macht es, wer ihr Vater und ihre Mutter waren, und was ihr Vater machte, wo er herkam und so weiter?«
»Vermutlich ist es nicht von Belang, Mrs. Lawton, jedenfalls von Ihrem Standpunkt aus. Aber, sehen Sie, die Umstände sind ziemlich ungewöhnlich.«
»Was wollen Sie damit sagen – die Umstände sind ungewöhnlich?«
»Nun, wir haben Grund zu der Annahme, daß Miss Webb gestern in dieses Haus ging, weil man sie ausdrücklich im Cavendish-Büro dazu aufgefordert hatte. Es sieht also so aus, als ob jemand es bewußt so arrangiert hat, daß sie dorthin kam und die Leiche fand. Jemand ... der vielleicht irgend etwas gegen sie hat.«
»Ich kann mir nicht vorstellen, daß irgend jemand etwas gegen Sheila hat. Sie ist wirklich ein reizendes Mädchen. Ein nettes, freundliches Mädchen ... und ich möchte von niemandem das Gegenteil hören.«
»Genau«, fuhr Hardcastle mit besänftigendem Lächeln fort. »Aber Sie müssen sich klar darüber sein, Mrs. Lawton, daß es so aussieht, als ob Ihre Nicht bewußt als Opfer ausersehen wurde. Sie war am Tatort. *Jemand* hat es arrangiert, daß sie in ein Haus ging, in dem ein toter Mann lag, und dieser Mann war erst sehr kurz zuvor gestorben. Bei flüchtiger Betrachtung ist das ein sehr boshafter Streich, den man ihr gespielt hat.«
»Sie meinen – Sie meinen, jemand wollte es so hinstellen, als ob Sheila ihn tötete? O nein! Das kann ich nicht glauben.«
»Es ist auch kaum zu glauben«, pflichtete der Inspektor ihr bei. »Aber wir müssen trotzdem sichergehen und die Sache klarstellen. Könnte es vielleich einen jungen Mann geben, der sich in Ihre Nichte verliebt hat, aus dem sie sich aber nichts macht?«
»Das glaube ich nicht«, sagte Mrs. Lawton überlegend und stirnrunzelnd. »Sheila war mit ein oder zwei jungen Leuten befreundet, aber es war nichts Ernsthaftes.«

»Es hätte vielleicht während ihrer Londoner Zeit sein können. – Vermutlich wissen Sie nicht so genau, was sie dort für Freunde hatte ... es könnte auch ein anderes Mädchen sein. Vielleicht war eins der Mädchen, mit denen sie das Zimmer teilte, eifersüchtig auf sie?«

»Es konnte ein Mädchen geben, das ihr vielleicht etwas auswischen möchte. Aber bis zu einem Mord geht so etwas bestimmt nicht.«

Diese Frau hatte Menschenkenntnis, und Hardcastle sagte sich, daß Mrs. Lawton keineswegs dumm war. Schnell fuhr er fort: »Ich weiß, es klingt alles höchst unwahrscheinlich, aber schließlich ist diese ganze Sache sehr ungewöhnlich. Selbst bei der Tat eines Geistesgestörten läßt sich ein greifbares Motiv finden. Und eben deshalb habe ich Sie nach Sheila Webbs Vater und Mutter gefragt. Sie würden überrascht sein, wie oft Motive ihre Wurzel in der Vergangenheit haben. Da Miss Webbs Eltern starben, als sie noch ein Kind war, kann sie mir natürlich nichts über sie erzählen. Deshalb wende ich mich an Sie.«

»Ja, ich verstehe, aber ... nun ...«

Er merkte, daß ihre Stimme wieder Besorgnis und Unsicherheit verriet.

»Starben sie gleichzeitig – bei einem Unfall oder so?«

»Nein, es war kein Unfall.«

»Sie starben beide eines natürlichen Todes?«

»Ich – also, ja ... ich meine ... ich weiß eigentlich nicht.«

»Ich denke, daß Sie etwas mehr wissen, als Sie mir sagen, Mrs. Lawton. Waren sie vielleicht geschieden oder so etwas?«

»Nein, sie waren nicht geschieden.«

»Aber, Mrs. Lawton. Sie wissen – Sie müssen wissen, woran Ihre Schwester starb!«

»Ich sehe nicht ein, was ... ich kann nichts sagen, es ist alles so schwierig. Dinge ausgraben ... besser nicht.«

Hardcastle sah sie scharf an. Dann sagte er sanft.

»War Sheila vielleicht ein uneheliches Kind?«

Er bemerkte in ihrem Gesicht Bestürzung und Erleichterung zugleich.

»*Mein* Kind ist sie nicht . . . meiner Schwester Kind. Aber sie weiß es nicht, ich habe es ihr nie gesagt. Ich erzählte ihr, daß ihre Eltern jung gestorben wären. Deshalb – nun, sehen Sie . . .«

»O ja, ich verstehe«, sagte der Inspektor, »und ich versichere Ihnen, daß ich Miss Webb nicht danach zu fragen brauche, sofern die Untersuchungen nicht etwas in dieser Richtung ergeben . . . Aber ich muß alle Fakten wissen, die Sie kennen, Mrs. Lawton. Und ich verspreche Ihnen, daß ich mein möglichstes tun werde, damit sie unter uns bleiben.«

»Es war keine sehr nette Sache, und ich war sehr bedrückt deswegen. Wissen Sie, meine Schwester war eigentlich der klügste Kopf in der Familie gewesen. Sie war Lehrerin – hochgeachtet und all das. Die letzte, von der man annehmen würde, daß . . .«

»Nun«, sagte der Inspektor taktvoll, so etwas passiert häufiger. Sie lernte diesen Mann – diesen Webb kennen . . .«

»Ich habe seinen Namen niemals erfahren«, sagte Mrs. Lawton. »Ich habe ihn nie kennengelernt. Aber sie kam zu mir und erzählte, was passiert war, daß sie ein Kind erwarte und daß der Mann sie nicht heiraten könne oder wolle. Sie war ehrgeizig. Wäre es herausgekommen, hätte sie ihre Stellung verloren. Also sagte ich natürlich, daß ich ihr helfen würde . . . Ich habe keine Ahnung, wo meine Schwester jetzt ist . . . ich nehme an, daß sie noch lebt.«

»Sie sind nicht mit ihr in Verbindung geblieben?«

»Sie wollte es nicht. Sie meinte, es wäre besser für das Kind. Und so geschah es. Wir hatten beide ein kleines eigenes Einkommen aus dem Erbteil unserer Mutter. Ann gab mir ihren Anteil für Unterhalt und Erziehung des Kindes. Sie wollte weiter unterrichten, aber die Schule wechseln. Ich glaube, sie wollte ein Jahr mit einem Lehrer im Ausland tauschen. Australien oder irgendwo. Das ist alles, was ich weiß, Inspektor Hardcastle, alles, was ich Ihnen berichten kann.«

Er sah sie nachdenklich an. War es wirklich alles, was sie wußte? Vielleicht. Aus den wenigen Bemerkungen über die Schwester hatte Hardcastle den Eindruck einer energischen, harten Persönlichkeit gewonnen. Die Art Frau, die entschlossen war, sich ihr Leben nicht wegen eines Fehltritts verderben zu lassen. Mit kühlem Verstand hatte sie für das Kind gesorgt, um dann wieder ein eigenes Leben anzufangen. In mildem Ton sagte er:

»Es scheint seltsam, daß sie nicht wenigstens brieflich mit Ihnen in Verbindung blieb, nicht wissen wollte, welche Fortschritte das Kind machte.«

Mrs. Lawton schüttelte den Kopf.

»Nicht, wenn Sie Ann kennen würden. Außerdem standen sie und ich uns nicht sehr nahe. Ich war zwölf Jahre jünger als sie, und, wie gesagt, wir standen uns nie sehr nahe.«

»Und was hielt Ihr Mann von der ganzen Sache?«

»Ich war Witwe. Ich heiratete jung, und mein Mann fiel im Krieg. Damals hatte ich ein kleines Schokoladengeschäft.«

»Wo war das? Doch nicht hier in Crowdean.«

»Nein. Wir wohnten damals in Lincolnshire. Ich kam einmal im Urlaub hierher, und es gefiel mir so, daß ich das Geschäft verkaufte und hierherzog. Später, als Rosemary in die Schule ging, nahm ich eine Stellung bei Roscoe & West an. Dort arbeite ich noch immer, angenehme Leute.«

»Ich danke Ihnen sehr für Ihre Offenheit, Mrs. Lawton«, sagte Hardcastle und stand auf. »Ich werde Miss Webb kein Wort davon sagen, sofern ich nicht dazu gezwungen sein sollte; und das wäre nur der Fall, wenn es sich herausstellte, daß irgendwelche Dinge aus ihrer Vergangenheit mit diesem Mord in Wilbraham Crescent 19 zu tun haben. Aber das ist meiner Meinung nach sehr unwahrscheinlich.« Er zog die Fotografie aus der Tasche, die er schon so vielen gezeigt hatte, und fragte Mrs. Lawton: »Sie wissen wohl nicht, wer der Mann sein könnte?«

»Man hat mir das Bild schon vorgelegt«, sagte Mrs. Lawton und betrachtete es genau. »Nein. Ich bin sicher, ganz sicher, daß ich diesen Mann nie zuvor gesehen habe. Ich glaube nicht, daß er von hier ist, sonst würde ich mich an ihn erinnern können. Natürlich . . .« Sie sah aufmerksam das Bild an, schwieg einen Augenblick, ehe sie ziemlich unerwartet sagte: »Er sieht recht nett aus. Ein Herr, würde ich sagen, finden Sie nicht auch?«

Hardcastle nahm das Foto und überlegte betroffen, daß er sich darüber noch keine Gedanken gemacht hatte. War der Tote ein netter Mann gewesen? Er hatte das Gegenteil angenommen. Vielleicht unbewußt oder beeinflußt durch die Tatsache, daß der Mann eine Karte mit offensichtlich falschem Namen und Adresse bei sich gehabt hatte. Vielleicht traf sogar die Erklärung zu, die er gerade Mrs. Lawton gegeben hatte. Es konnte sein, daß die Karte von einem Versicherungsschwindler stammte, der sie dem Toten aufgedrängt hatte. Und das, überlegte er bekümmert, würde die ganze Sache sogar noch komplizierter machen. Er blickte auf seine Uhr.

»Ich darf Sie nicht länger aufhalten, sonst brennt noch das Essen an. Und da Ihre Nichte noch nicht nach Hause gekommen ist . . .«

Mrs. Lawton sah ihrerseits auf die Uhr auf dem Kamin. Gott sei Dank, hier gibt's nur eine Uhr im Zimmer, dachte der Inspektor bei sich.

»Ja, sie kommt heute erstaunlich spät«, sagte Mrs. Lawton. »Gut, daß Edna nicht so lange gewartet hat.«

Als sie den verwunderten Ausdruck auf Hardcastles Gesicht sah, erklärte sie: »Eins der Mädchen aus dem Büro. Sie wollte Sheila besuchen und wartete ein bißchen, sagte dann aber, sie könne nicht länger warten, sie sei verabredet. Es hätte auch bis morgen Zeit oder ein anderes Mal.«

Das Mädchen, an dem er vorbeigegangen war! Der Inspektor wußte jetzt auch, wieso es ihn an Schuhe erinnert hatte. Es war das Mädchen, das ihn im Schreibbüro empfangen hatte und das beim Weggehen einen abgebrochenen Pfennigabsatz in der Hand hielt und sich fragte, wie es so wohl

nach Hause kommen sollte. Es hatte ihn vorhin auf der Straße erkannt, hatte gezögert, als ob es mit ihm hätte sprechen wollen. Was wollte Edna von Sheila? Wollte sie ihr etwas sagen oder etwas von ihr erfahren?
»Ist sie mit Ihrer Nichte sehr befreundet?«
»Eigentlich nicht«, erwiderte Mrs. Lawton. »Sie arbeiten zwar zusammen, aber sie ist ziemlich langweilig, nicht sehr gescheit. Ich habe mich eigentlich gewundert, weshalb sie Sheila heute abend unbedingt sehen wollte. Es gäbe etwas, das sie nicht verstünde, sagte sie, und sie wollte Sheila deswegen fragen ... Sie hat aber nicht gesagt, um was es sich handelte.«
»Ach so. Nun muß ich aber wirklich gehen.«
»Es ist merkwürdig, daß Sheila nicht angerufen hat. Das macht sie gewöhnlich, wenn sie später kommt, denn der Professor lädt sie manchmal zum Essen ein. Nun, sie wird wohl jeden Augenblick dasein. Soll ich ihr etwas ausrichten?«
»Ich glaube nicht«, sagte der Inspektor. »Wer hat übrigens die Vornamen Ihrer Nichte ausgewählt?« fragte er im Gehen, »Ihre Schwester selbst?«
»Sheila war der Vorname unserer Mutter. Rosemary hat meine Schwester ausgesucht. Eigentlich ein komischer Name, so romantisch. Obwohl meine Schwester überhaupt nicht romantisch oder sentimental war.«
Rosemary – hm ... Rosemary für romantische Erinnerungen? Oder bedeutete der Name etwas ganz anderes? überlegte Hardcastle.

14

Colin Lambs Bericht

Ich ging von Charing Cross Road aus zu Fuß und kam schließlich an mein Ziel, einen kleinen, düsteren Buchladen in einer Seitenstraße nahe dem Britischen Museum. Ich zwängte mich durch den Eingang – mehr Raum ließen die Bücher nicht. Im Laden wurde jedem Besucher klar, daß nicht die Bücher für den Laden da waren, sondern der Laden für die Bücher – sie hatten von jedem Winkel Besitz ergriffen. Auf einem Hocker in der Ecke, von Büchern umgeben, saß ein alter Mann mit einem dicken, geschwollenen Gesicht wie ein Karpfen. Er sah aus wie jemand, der einen ungleichen Kampf aufgegeben hatte. Er hatte versucht, der Bücher Herr zu werden, aber offensichtlich war das Gegenteil der Fall. Es war Mr. Soloman, der Eigentümer. Er erkannte mich, sein kalter Fischblick zeigte einen Moment eine Spur von Wärme, und er nickte.

»Haben Sie etwas für mich?« erkundigte ich mich.

»Gehen Sie bitte nach oben und schauen Sie nach, Mr. Lamb. Immer noch Meerespflanzen und so 'n Zeug? . . . Sie wissen ja, im zweiten Stock. Vorgestern kam eine neue Sendung. Ich bin noch nicht ganz fertig mit dem Auspacken. Das Paket liegt oben in der Ecke.«

Ich nickte und schlängelte mich durch die Bücherwände und eine ziemlich wacklige Treppe empor, bahnte mir einen Weg durch Studenten und Geistliche und fand den Weg schließlich von einem eng umschlungenen und für die Umwelt verlorenen Pärchen blockiert.

»Entschuldigung«, sagte ich, schob die beiden entschlossen beiseite, hob einen Vorhang, der eine Tür verbarg, holte einen Schlüssel aus der Tasche und schloß sie auf. Ich befand mich in einer Art Vestibül; mir gegenüber entdeckte ich eine Tür mit einem auf Hochglanz geputzten Klopfer. Ich betätigte ihn, und eine ältliche, grauhaarige, bebrillte Frau in schwarzem Rock und weißem Angorapullover öffnete.

»Sie sind es?« sagte sie ohne jeden Gruß. »Er hat erst gestern nach Ihnen gefragt. Er war nicht sehr zufrieden . . . Sie werden sich mehr anstrengen müssen«, sagte sie.

»Na, na, Nanny!«

»Und nennen Sie mich nicht immer Nanny«, sagte die Dame. »Das ist ein Deckname. Das habe ich Ihnen schon mehrmals gesagt. Sie gehen lieber gleich rein, damit Sie es rasch hinter sich haben.« Sie drückte auf den Knopf einer Sprechanlage und sagte: »Mr. Colin . . . Ja, ich schicke ihn rein.« Sie legte auf und nickte mir zu.

Ich ging durch eine Tür am Ende des Zimmers in einen anderen Raum, der so voller Zigarrenrauch war, daß man nur mit Mühe etwas erkennen konnte. Schließlich entdeckte ich die füllige Gestalt meines Chefs, der auf einem alten, gebrechlichen Großvaterstuhl saß, neben dessen Lehne ein altmodisches, drehbares Lese- und Schreibpult stand. Colonel Beck nahm die Brille ab, stieß den Tisch beiseite und sah mich mißbilligend an.

»Lassen Sie sich auch mal wieder sehen?« brummte er.

»Ja, Sir«, bestätigte ich.

»Haben Sie was?«

»Nein, Sir.«

»Ah! Also, Colin, so geht's nicht, hören Sie? So geht's nicht! Crescents, Monde, nein!«

»Ich glaube immer noch . . .«, fing ich an.

»Gut. Sie glauben immer noch. Aber wir können nicht ewig warten, während Sie noch glauben.«

»Ich gebe zu, daß es nur eine Eingebung war«, erklärte ich.

»Schadet nichts«, meinte Colonel Beck. Er war ein widerspruchsvoller Mensch. »Beste Arbeit, die ich je geleistet habe, verdanke ich Eingebungen. Nur Ihre Eingebung scheint zu nichts zu führen. Fertig mit den Lokalen?«

»Ja, Sir. Wie ich Ihnen sagte, bin ich jetzt bei den ›Crescents‹, den halbrunden Straßen. Ich meine, bei den Häusern, die an diese Straßen angrenzen.«

»Ich habe nicht angenommen, daß Sie Bäckerläden mit Hörnchen meinten – obwohl, wenn ich's mir recht überlege, kein Grund vorliegt, weshalb nicht . . . Überall eine Niete gezogen?«

»Fast. Ein Stückchen muß ich noch hinter mich bringen.«

»Sie wollen also mehr Zeit, heißt das?«

»Ich will mehr Zeit, ja«, erwiderte ich. »Aber im Augenblick

möchte ich nichts unternehmen. Da war ein merkwürdiger Zufall, und er könnte – er *könnte* – etwas bedeuten.«
»Schwafeln Sie nicht. Geben Sie mir Tatsachen.«
»Ort der Untersuchung: Wilbraham Crescent ... Und der Zufall will es, daß dort ein Mann ermordet wurde.«
»Wer wurde ermordet?«
»Bis jetzt weiß man es noch nicht. Hatte eine Karte mit Namen und Adresse in der Tasche, aber das war Schwindel ... Ob es irgendwie zusammenpaßt, weiß ich nicht, dennoch ...«
»Ich weiß, ich weiß. Trotzdem ... Also, weswegen sind Sie hier? Wollen Erlaubnis, noch länger in Wilbraham Crescent herumzustöbern, wo immer das auch sein mag?«
»Liegt in einem Ort namens Crowdean. Sechzehn Kilometer von Portlebury entfernt.«
»Gut, gut. Aber weshalb sind Sie gekommen? Gewöhnlich fragen Sie doch nicht um Erlaubnis. Sie folgen Ihrem Dickkopf, stimmt's?«
»Ich fürchte ja, Sir.«
»Also worum geht es wirklich?«
»Ich hätte gern ein paar Leute auf Herz und Nieren geprüft.«
Mit einem Seufzer zog Colonel Beck das Schreibpult heran, nahm einen Kugelschreiber aus der Tasche, hauchte darauf und sah mich an: »Also?«
»Haus namens Diana Lodge. Genau gesagt Wilbraham Crescent Nr. 20. Frau namens Mrs. Hemming und etwa 18 Katzen leben dort.«
»Diana? Hm. Diana Lodge. Gut. Was treibt diese Mrs. Hemming?«
»Nichts«, sagte ich, »sie lebt für ihre Katzen.«
»Verdammt gute Tarnung, würde ich sagen«, sagte Beck zustimmend. »Könnte was sein. Ist das alles?«
»Nein. Da ist ein Mann namens Ramsay. Wohnt Wilbraham Crescent Nr. 62. Soll Bauingenieur sein – was immer das sein mag. Reist viel ins Ausland.«
»Hört sich gut an«, sagte Colonel Beck. »Hört sich sehr gut an. Über ihn wollen Sie Bescheid wissen? Gut!«

»Er hat eine Frau«, fuhr ich fort, »eine recht nette Frau und zwei widerspenstige Kinder – Jungen.«
»Nun, er darf ruhig Kinder haben«, sagte Colonel Beck. »Das ist schon vorgekommen. Erinnern Sie sich an Pendleton? Er hatte Frau und Kinder. Sie hatte nicht die geringste Ahnung, daß ihr Mann keine Säule der Ehrbarkeit im orientalischen Buchhandel war. Jetzt fällt mir ein, daß Pendleton auch eine deutsche Frau und ein paar Töchter hatte. Und in der Schweiz hatte er auch eine Frau. Ich weiß nicht, ob die Frauen sein privater Luxus oder nur Tarnung waren. Er behauptete natürlich, daß sie Tarnung waren. Also – jedenfalls wollen Sie über Mr. Ramsay Bescheid wissen. Sonst noch jemand?«
»Ich bin mir nicht ganz sicher. In Nr. 63 lebt ein Ehepaar. Pensionierter Professor, McNaughton. Schottisch. Ältlich. Verbringt seine Zeit mit Gartenarbeit. Kein Anlaß zu denken, daß er und seine Frau nicht in Ordnung wären ..., aber ...«
»Gut. Wir werden nachprüfen. Wir werden sie durch die Mühle drehen, um sicherzugehen. Was sind das alles für Leute?«
»Ihre Gärten grenzen oder stoßen an den Garten des Hauses, wo der Mord begangen wurde. In dem Haus wohnt eine blinde Frau, eine frühere Lehrerin. Sie arbeitet an einer Blindenanstalt und ist von der dortigen Polizei genau überprüft worden. Sie lebt allein dort.«
»Und was für ein Zusammenhang besteht mit den anderen Leuten?«
»Ich nehme folgendes an: Wenn eine dieser Personen in einem dieser Häuser einen Mord begeht, dann wäre es sehr leicht, wenn auch riskant, die Leiche zu einer geeigneten Tageszeit nach Nr. 19 zu schaffen. Es ist eine Möglichkeit, nicht mehr. Und dann möchte ich Ihnen etwas zeigen. *Dies hier.*«
Beck nahm die verschmutzte Münze, die ich ihm hinhielt.
»Ein tschechischer Heller? Wo haben Sie den gefunden?«
»Ich habe ihn nicht gefunden. Aber er wurde im hinteren Garten von Nr. 19 entdeckt.«

»Interessant. Vielleicht ist doch etwas an Ihrer fixen Idee von ›Crescent‹ und aufgehenden Monden ... Hier um die Ecke gibt's eine Kneipe ›Zum zunehmenden Mond‹. Warum versuchen Sie es nicht einmal dort?«

»Da war ich schon«, antwortete ich.

»Um eine Antwort sind Sie nie verlegen, was? Möchten Sie eine Zigarre?«

Ich schüttelte den Kopf.

»Ich fahre jetzt wieder nach Crowdean – zur Leichenschau.«

»Die Sache wird nur vertagt werden. Rennen Sie auch bestimmt keinem Mädchen in Crowdean nach?«

»Keinesfalls«, antwortete ich scharf.

Unerwartet fing Colonel Beck an zu kichern.

»Paß auf, mein Junge! Irgendwann erwischt es jeden. Wie lange kennen Sie sie schon?«

»Es gibt kein ... Ich meine ... also – da *war* ein Mädchen, das die Leiche entdeckte.«

»Was tat sie, als sie sie fand?«

»Schrie.«

»Auch sehr nett. Sie raste auf Sie zu, weinte an Ihrer Schulter und erzählte Ihnen alles. Stimmt's?«

»Ich weiß nicht, wovon Sie sprechen«, sagte ich kühl. »Sehen Sie sich das einmal an«, und ich gab ihm eine Auswahl der Polizeifotos. »Das ist der Tote.«

»Ich wette eins zu zehn, daß das Mädchen, auf das Sie so wild sind, ihn tötete. Die Geschichte klingt sehr phantastisch.«

»Ich hab sie Ihnen ja noch gar nicht erzählt.«

»Ist auch nicht nötig«, winkte Colonel Beck mit seiner Zigarre ab. »Gehen Sie zu Ihrer Leichenschau, mein Junge, und sehen Sie sich nach dem Mädchen um. Heißt sie Diana oder Artemis oder hat sie einen anderen Namen, der etwas mit dem Mond zu tun hat?«

»Nein.«

»Nun, denken Sie daran, daß es der Fall sein könnte.«

15

Colin Lambs Bericht

Es war schon lang her, seit ich zuletzt in Whitehaven Mansions gewesen war. Ich fuhr mit dem Lift nach oben und drückte den Klingelknopf von Nr. 203. Sofort öffnete George, der untadelige Diener.

»Mr. Colin! Sie sind lange nicht hiergewesen.«

»Ja, ich weiß. Wie geht es Ihnen, George?«

»Mir geht es gut, danke, Sir.«

Ich sprach leiser: »Und ihm?«

Auch George senkte die Stimme: »Ich glaube, Sir, daß er manchmal recht niedergeschlagen ist.«

Ich nickte verständnisvoll.

»Wollen Sie bitte hier entlangkommen, Sir ...« Er nahm mir den Hut ab.

»Melden Sie mich bitte als Mr. Colin Lamb an.«

»Sehr wohl, Sir.« Er öffnete eine Tür und sagte deutlich: »Mr. Colin Lamb möchte Sie sprechen, Sir.«

Mein Freund Hercule Poirot saß, wie gewöhnlich, in seinem großen, eckigen Ledersessel vor dem Kamin. Zu beiden Seiten lag ein säuberlich geschichteter Stapel Bücher.

»Bleiben Sie bitte sitzen«, sagte ich, doch Poirot war schon aufgestanden. Mit ausgestreckten Händen kam er mir in blitzblanken Lackschuhen entgegen.

»Ach, *Sie* sind es, *Sie*, mein junger Freund Colin! Aber warum nennen Sie sich denn Lamb ... ?«

»Es könnte bei meiner Beschäftigung ein Fehler sein, dachte ich, meinen eigenen Namen zu benutzen – er würde zu leicht mit meinem alten Herrn in Verbindung gebracht werden. Daher: Lamb. Kurz, einfach, leicht zu merken.«

»Wie geht es meinem alten Freund, Ihrem Vater?«

»Danke, gut. Er ist sehr mit seinem Garten beschäftigt ... anscheinend gelangt jeder einmal an diesen Punkt.«

»Ich nicht«, sagte Hercule Poirot. »Ich dachte, der gute Superintendent wollte seine Memoiren schreiben?«

»Er fing damit an, stellte dann aber fest, daß er so viel weglassen müßte, daß es sich schließlich gar nicht lohnte anzufangen.«

»Ja, leider muß man Diskretion üben«, sagte Poirot, »er könnte einige sehr interessante Geschichten erzählen. Ich bewundere ihn sehr. Er ging so offen vor wie kein zweiter, und die Leute, die er fangen wollte, meinten, ›das ist zu auffällig, das kann nicht wahr sein‹, und gingen ihm prompt in die Falle!«

Ich lachte. »Heute ist es nicht mehr Mode, daß Söhne ihre Väter bewundern ... Ich persönlich habe allerdings eine enorme Achtung vor meinem alten Herrn. Ich hoffe, daß ich einmal so gut sein werde, wie er es war. Natürlich auf meinem Gebiet, weil ich nicht in derselben Branche bin.«

»Aber in einer sehr verwandten, obwohl Sie im Hintergrund arbeiten müssen.« Er hüstelte leicht. »Ich glaube, ich darf Ihnen gratulieren; Sie hatten kürzlich einen ziemlich sensationellen Erfolg, nicht wahr? Die *Affäre Larkin.*«

»Gratulieren Sie mir noch nicht«, sagte ich. »Da ist noch manches zu tun, um es völlig abzuschließen. Doch deswegen bin ich eigentlich nicht gekommen.«

»Natürlich nicht«, sagte Poirot, bot mir einen Stuhl und einen Kräutertee an, den ich strikt ablehnte. Im rechten Augenblick kam George mit Whisky, Glas und Siphon und stellte alles neben mich.

»Es sieht so aus, als ob Sie mit Recherchen beschäftigt sind«, sagte ich mit einem Blick auf die verschiedenen Bücher um ihn herum.

Poirot seufzte. »Sie können es so nennen; vielleicht stimmt es sogar. In letzter Zeit hat mir ein Problem gefehlt, irgendeins. Bei mir geht es nicht darum, die Muskeln in Bewegung zu halten, sondern die Gehirnzellen ... Doch Probleme, *mon cher,* sind nicht so leicht zu lösen. Wie konnten zum Beispiel drei Stückchen vertrocknete Apfelsinenschale in meinen Schirmständer kommen? Ich esse keine Apfelsinen. George würde die Schalen nie dahin tun. Ein Besucher würde kaum drei

Stückchen Schale mitbringen . . . Ich habe das Problem gelöst. Es war schließlich gar nicht sehr interessant. Die neue Putzfrau hatte, gegen strikte Anordnung, eins ihrer Kinder mitgebracht . . . Ich bin bescheiden. Aber man sollte kein Papier benutzen, um eine Paketschnur durchzuschneiden.«
Ich schüttelte bedauernd den Kopf.
Poirot fuhr fort: »Ich habe mich letzthin damit beschäftigt, über einige ungelöste Rätsel aus dem wirklichen Leben zu lesen und meine eigenen Lösungen zu finden.«
»Sie meinen Fälle wie Bravo, Adelaide Bartlett und andere?«
»Genau. Aber in gewisser Hinsicht war es zu einfach. Mir ist völlig klar, wer Charles Bravo ermordet hat . . .«
Während Poirot redete, dachte ich bei mir, wie schon so oft, daß Bescheidenheit bestimmt nicht zu Hercule Poirots Tugenden zählte. Ich erriet, daß er wohl längere Zeit keine Gelegenheit gehabt hatte, sich mit jemandem zu unterhalten, und sich jetzt am Klang seiner eigenen Stimme berauschte.
»Und was tat ich dann? Vom wahren Leben ging ich zum Roman über«, fuhr Poirot fort. »Rechts und links von mir liegen verschiedene Beispiele von Kriminalromanen. Hier« – dabei griff er nach dem Band, den er auf die Armlehne gelegt hatte, als ich eintrat –, »hier, mein lieber Colin, ist *Der Fall Leavenworth*.« Er gab mir das Buch.
»Der liegt schon ziemlich lange zurück. Ich glaube, mein Vater erwähnte einmal, daß er ihn als Junge las. Er muß einem heute ziemlich veraltet vorkommen.«
»Er ist bewundernswert«, sagte Poirot. »Man genießt die Atmosphäre jener Zeit . . .«
Ich merkte, daß ich mich auf einen Vortrag eingelassen hatte, und bereitete mich aufs Zuhören vor. Schließlich übersprang er etwa zwanzig Jahre und kam auf neuere Autoren zu sprechen.
»Ich habe auch einige der frühen Arbeiten von Mrs. Ariadne Oliver gelesen. Ich bin übrigens mit ihr befreundet, und Sie wohl auch, glaube ich. Allerdings bin ich durchaus

nicht völlig mit ihren Büchern einverstanden. Die Ereignisse darin sind häufig zu unwahrscheinlich. Der lange Arm der Vorsehung wird zu oft bemüht. Und da sie damals jung war, war sie töricht genug, einen Finnen zu ihrem Detektiv zu machen, und es ist offensichtlich, daß sie nichts über Finnen oder Finnland weiß . . .« Er legte Mrs. Ariadne Oliver zur Seite und griff nach einem andern Buch.
»Hier ist nun Mr. Cyril Quain. Ah! er ist ein Meister des Alibis!«
»Wenn ich mich recht entsinne, ist er ein entsetzlich langweiliger Schreiber«, bemerkte ich.
»Das stimmt«, gab Poirot zu, »in seinen Büchern passiert nichts besonders Aufregendes. Ganz im Gegensatz dazu geschieht bei Garry Gregson zuviel, und zwar auf unwahrscheinliche Weise und bei völliger Konfusion. Es ist ein mit dem Stock umgerührtes Melodrama. Blutvergießen – Leichen – Anhaltspunkte – Spannung: Alles bis zum Überlaufen angehäuft. Alles sehr gespenstisch, lebensfremd. Ich mag ihn nicht«, schloß er seufzend und ging zu den amerikanischen Autoren.
Als er den Rest seines Kräutertees austrank, war er bei den alten Favoriten angelangt.
»Nein, nein, nicht Sherlock Holmes! Ich verneige mich vor dem Autor, vor Sir Arthur Conan Doyle . . . Der Genuß an seiner Sprache, vor allem die Erfindung dieser wunderbaren Figur Dr. Watson.«
Dabei fiel ihm natürlich Hastings ein.
»Mein Freund Hastings, von dem ich Ihnen so oft erzählt habe: Ich habe lange nichts mehr von ihm gehört. Wie absurd, sich in Südamerika zu vergraben, wo es immerzu Revolutionen gibt!«
»Nicht nur in Südamerika. Heutzutage gibt es auf der ganzen Welt Revolutionen«, meinte ich.
»Wir wollen nicht über die Bombe sprechen«, sagte Hercule Poirot. »Wenn es sein muß, muß es sein, aber wir wollen nicht darüber diskutieren.«

»Eigentlich wollte ich auch über etwas ganz anderes mit Ihnen sprechen.«
»Ah! Sie wollen heiraten, nicht wahr? Das freut mich, *mon cher*, das freut mich sehr!«
»Wie kommen Sie darauf, Poirot? Nichts dergleichen.«
»Es kommt vor«, behauptete Poirot, »es kommt jeden Tag vor.«
»Möglich«, erwiderte ich fest, »aber nicht bei mir. Tatsächlich kam ich, um Ihnen zu erzählen, daß ich im Zusammenhang mit einem Mord auf ein ziemliches Problem gestoßen bin.«
»Tatsächlich? Ein ziemliches Problem bei einem Mord, sagen Sie? Und Sie kommen zu *mir* deswegen? Wieso?«
»Nun –« Ich war leicht verwirrt. »Ich – ich dachte, es könnte Ihnen Spaß machen«, sagte ich.
Poirot sah mich nachdenklich an, strich liebevoll über seinen Bart und sagte dann: »Ein Herr ist oft recht nett zu seinem Hund. Er geht mit ihm aus und wirft einen Ball für ihn. Ein Hund tötet ein Kaninchen oder eine Ratte und legt die Beute seinem Herrn zu Füßen. Und was macht er dann? Er wedelt mit dem Schwanz.«
Ich mußte wider Willen lachen.
»Wedle ich mit dem Schwanz?«
»Ich glaube ja, mein Freund. Ja, ich denke schon.«
»Gut. Und was sagt der Herr? Will er die Ratte des Hundes sehen? Will er alles wissen?«
»Natürlich. Es ist ein Verbrechen, das mich Ihrer Ansicht nach interessiert. Ist es so?«
»Die Sache ist, daß es keinen Sinn ergibt.«
»Das ist unmöglich«, sagte Poirot. »Alles hat seinen Sinn.«
»Also dann finden Sie den Sinn heraus. *Ich* kann es nicht. Es hat eigentlich gar nichts mit mir zu tun. Ich bin ganz zufällig hineingeraten. Vergessen Sie nicht, daß es ein ganz klarer Fall sein kann, wenn der Tote erst identifiziert ist . . . Es ist ohne Zweifel ein Mord.« Ich beschrieb ihm genau die Ereignisse, die sich in Wilbraham Crescent Nr. 19 abgespielt hat-

ten. Er schwieg einen Augenblick und fragte dann: *»Sans blague?«*
»Kein Jux«, sagte ich, und als er wieder schwieg, fragte ich ungeduldig: »Was halten Sie also davon?«
»Was erwarten Sie denn?«
»Sie sollen mir die Lösung sagen. Sie haben mir immer erklärt, daß es durchaus möglich sei, sich in seinen Stuhl zurückzulehnen, darüber nachzudenken und dann die Antwort bereit zu haben; daß es überflüssig sei, Leute zu befragen und nach Anhaltspunkten zu suchen ... Ich habe Ihnen alle Tatsachen berichtet, und jetzt möchte ich die Antwort.«
»Einfach so, he? Aber erst muß man noch sehr viel mehr wissen, *mon ami.* Wir fangen erst einmal mit den Tatsachen an, nicht wahr?«
»Dennoch möchte ich *irgend etwas* von Ihnen hören.«
Er dachte einen Augenblick nach und sagte dann: »Eines ist sicher; es muß sich um ein ganz einfaches Verbrechen handeln – weil es nämlich so kompliziert erscheint. Verstehen Sie mich?«
»Das möchte ich nicht behaupten.«
»Merkwürdig«, grübelte Poirot, »was Sie mir erzählt haben – ja, es kommt mir so bekannt vor. Wo – wann – ist mir nur so etwas schon mal begegnet ...«
»Ihr Gedächtnis muß ein großes Reservoir von Verbrechen sein«, meinte ich. »Aber Sie können sich unmöglich an alle erinnern, oder doch?«
»Leider nein«, seufzte Poirot. »Doch von Zeit zu Zeit sind diese Erinnerungen nützlich. Da gab es einmal einen Seifensieder in Lüttich. Er vergiftete seine Frau, um eine blonde Stenotypistin zu heiraten. Das Verbrechen machte Schule. Später, viel später wiederholte sich das Schema. Ich erkannte es wieder. Diesmal ging es um einen gestohlenen Pekinesen, aber das *Schema* war dasselbe. Ich suchte nach dem Gegenstück zu der Blondine und dem Seifensieder, und *voilà* ... Und bei dem, was Sie erzählt haben, habe ich auch das Gefühl, daß es mich an etwas erinnert.«

»Uhren? Versicherungsschwindler? Blinde Frauen?«
»Nein, nein. Bringen Sie mich nicht durcheinander.«
»Sie enttäuschen mich, Poirot. Ich dachte, Sie würden sofort eine Antwort wissen.«
»Aber lieber Freund! Zunächst haben Sie mir nur ein *Schema* beschrieben. Man muß doch viel mehr feststellen. Vermutlich wird der Mann identifiziert werden . . . Inzwischen sollten Sie mit den Nachbarn sprechen.«
»Das habe ich getan«, sagte ich. »Ich habe Hardcastle begleitet, als er sie befragte. Sie wissen nichts Brauchbares.«
»Ah, *non pas,* das meinen *Sie*! Ich versichere Ihnen, daß das nicht stimmt. Wenn Sie gefragt werden: ›Haben Sie etwas Verdächtiges gesehen?‹ und Sie sagen nein, dann denken Sie, damit wäre es erledigt. Das meine ich nicht, wenn ich sage, mit den Nachbarn reden. Lassen Sie sich von *ihnen* etwas erzählen. Irgendein Wort der Unterhaltung wird aufschlußreich sein. Sie sagen, es wäre nichts Brauchbares herausgekommen. Ich behaupte, daß das nicht sein kann. Wenn Sie alles Wort für Wort wiederholen könnten . . .«
»Nun«, sagte ich, »das kann ich tatsächlich. Ich habe nämlich mitstenografiert, als ich die Rolle des Assistenten spielte. Ich habe alles mit der Maschine abschreiben lassen und mitgebracht. Hier ist es.«
»Ah, Sie sind ein guter Junge, ein sehr guter Junge. Das war genau das Richtige. *Je vous remercie infiniment.*«
»Haben Sie sonst noch Vorschläge?« fragte ich verwirrt.
»Ich habe immer Vorschläge. Da ist das Mädchen. Gehen Sie zu ihm und unterhalten Sie sich mit ihm; Sie sind solche Freunde geworden, nicht wahr? Haben Sie es nicht in den Armen gehalten, als es voller Schrecken aus dem Haus stürzte?«
»Sie haben sich von der Lektüre Garry Gregsons anstecken lassen«, sagte ich. »Sie haben den melodramatischen Stil angenommen.«
»Vielleicht haben Sie recht«, nickte Poirot, «man wird manchmal von dem Stil des Buches mitgerissen, das man gerade liest.«

»Was aber das Mädchen betrifft . . .« Ich sprach nicht weiter.
»Ja?«
»Ich möchte nicht gern – ich würde sie nicht . . .«
»Ah! So sieht es aus! In Ihrem Kopf spukt der Gedanke, daß sie irgendwie in den Fall verwickelt sein könnte?«
»Nein, nein. Es war reiner Zufall, daß sie da war.«
»Nein, *mon ami,* das war kein bloßer Zufall. Das wissen Sie genau. Sie haben es mir selbst gesagt. Sie wurde telefonisch angefordert. Ausdrücklich angefordert . . . Sie können nicht sicher sein, daß sie nicht wußte, weshalb. Höchstwahrscheinlich *weiß* sie, weshalb, und verschweigt die Tatsache.«
»Das glaube ich nicht«, erklärte ich verbissen.
»Vielleicht erfahren Sie es, wenn Sie mit ihr sprechen – selbst wenn sie sich selbst nicht der Wahrheit bewußt ist.«
»Ich sehe nicht recht, wie ich – ich meine – ich kenne sie ja kaum.«
Hercule Poirot schloß wieder die Augen. »Sie werden mit ihr sprechen«, befahl er, »weil Sie schon Freunde sind; und Sie werden auch unter einem Vorwand diese blinde Frau noch mal aufsuchen. Und Sie werden mit *ihr* sprechen. Und Sie werden zum Schreibbüro gehen – vielleicht sagen Sie, Sie hätten ein Manuskript zum Abschreiben. Sie werden sich vielleicht mit einer der anderen jungen Damen anfreunden, die dort arbeiten. Sie werden mit all diesen Menschen reden und dann wieder zu mir kommen und alles berichten, was sie sagten.«
»Erbarmen!« sagte ich.
»Keineswegs, es wird Ihnen Spaß machen . . . und Ihre Arbeit wird besser vorangehen, wenn Sie etwas Abwechslung haben«, versicherte Poirot. Ich stand auf und lachte.
»Also gut. Sie sind der Doktor. Noch mehr Weisheiten für mich auf Lager? Was halten Sie von dieser seltsamen Uhren-Sache?«
Poirot lehnte sich zurück und schloß erneut die Augen. Schließlich sagte er überraschenderweise:

»Die Zeit ist reif«, das Walroß sprach,
»Von mancherlei zu reden –
Von Schuhen – Schiffen – Siegellack,
Von Königen und Zibeben –
Warum das Meer kocht, und ob wohl
Die Schweine manchmal schweben.«

Er öffnete die Augen wieder und nickte nachdenklich.
»Sie verstehen?« fragte er.
»Ein Zitat aus *Alice hinter den Spiegeln* – ›Das Walroß und der Zimmermann‹.«
»Genau. Im Moment ist das alles, was ich für Sie tun kann, *mon cher.* Denken Sie darüber nach.«

16

Die gerichtliche Leichenschau wurde von der Öffentlichkeit gut besucht. Aber das Verfahren war so langweilig und trocken wie nur möglich. Sheila Webb hätte diese Nervenprobe nicht zu fürchten brauchen, sie war in ein paar Minuten vorüber.
Aufgrund eines Telefonanrufs hatte sie sich nach Wilbraham Crescent Nr. 19 begeben und war dort, wie angewiesen, in das Wohnzimmer gegangen. Sie hatte den toten Mann auf dem Boden gefunden, hatte geschrien und war auf die Straße gelaufen, um Hilfe zu holen. Es gab keine Fragen. Das Verhör von Miss Martindale, die auch aussagte, wurde sogar noch kürzer. Sie hatte eine Nachricht erhalten, vorgeblich von Miss Pebmarsh, daß sie eine Stenotypistin, möglichst Miss Sheila Webb, nach Wilbraham Crescent Nr. 19 schicken solle; gleichzeitig wurden bestimmte Weisungen erteilt. Sie hatte als genaue Zeit des Anrufs 1.49 Uhr notiert. Damit war Miss Martindale fertig. Miss Pebmarsh, die nächste Zeugin, bestritt kategorisch,

daß sie auch nur *irgendeine* Stenotypistin an diesem Tag vom Cavendish-Schreibbüro angefordert hätte. Inspektor Hardcastle gab eine kurze, sachliche Erklärung ab. Nach Erhalt eines Anrufs war er nach Wilbraham Crescent Nr. 19 gegangen, wo er die Leiche eines Mannes gefunden hatte. Dann fragte ihn der amtliche Leichenbeschauer und Untersuchungsrichter:

»Haben Sie den Toten identifizieren können?«

»Noch nicht, Sir. Aus diesem Grund möchte ich um Vertagung bitten.«

»Gut.«

Dann kam die ärztliche Aussage. Dr. Rigg, der Polizeiarzt, berichtete von seiner Ankunft in Wilbraham Crescent Nr. 19 und von seiner Untersuchung des Toten.

»Können Sie die Zeit des Eintritts des Todes ungefähr angeben, Doktor?«

»Ich habe ihn um Viertel nach drei untersucht. Ich würde den Zeitpunkt des Todes auf zwischen halb zwei und halb drei festlegen ... Vermutlich ist der Tod um zwei Uhr oder kurz vor zwei Uhr eingetreten, doch es sind viele Faktoren dabei zu berücksichtigen: Alter, Gesundheitszustand und so weiter.«

»Haben Sie eine Autopsie vorgenommen?«

»Ja.«

»Ursache des Todes?«

»Der Mann ist mit einem dünnen, scharfen Messer erstochen worden. Es muß eine Art Küchenmesser mit einer spitz zulaufenden Klinge gewesen sein. Die Messerspitze traf ...«

Jetzt benutzte der Arzt Fachausdrücke, um den genauen Punkt zu beschreiben, an dem das Messer in das Herz eingedrungen war.

»Trat der Tod sofort ein?«

»Innerhalb weniger Minuten.«

»Der Mann hätte nicht schreien oder sich zur Wehr setzen können?«

»Nicht unter den Umständen, unter denen er erstochen wurde.«

»Würden Sie uns bitte erklären, was Sie mit dieser Bemerkung sagen wollen, Doktor?«
»Ich habe bestimmte Organe untersucht und Laborversuche angestellt. Meiner Meinung nach wurde er getötet, während er bewußtlos war. Diese Bewußtlosigkeit wurde durch eine Droge herbeigeführt – Chloralhydrat. Ich würde sagen, diese Droge war in irgendeinem alkoholischen Getränk enthalten. Chloralhydrat wirkt sehr schnell. Er dürfte die Flüssigkeit ohne jeden Argwohn getrunken haben, wenige Augenblicke später umgefallen und bewußtlos geworden sein.«
»Und Ihrer Meinung nach wurde er tatsächlich erst erstochen, als er bewußtlos war?«
»Das glaube ich. Das würde auch erklären, warum es keine Anzeichen eines Kampfes gibt, und warum er so friedlich aussah ... Wie lange er vorher bewußtlos war, kann ich nicht sagen, auch das hängt wiederum von der Veranlagung des Opfers ab. Er würde aber bestimmt nicht vor einer halben Stunde wieder zu sich gekommen sein. Es hätte jedoch auch noch viel länger dauern können.«
»Danke, Dr. Rigg. Können Sie sagen, wann er die letzte Mahlzeit zu sich genommen hatte?«
»Er hatte nicht zu Mittag gegessen, wenn Sie das meinen. Mindestens seit vier Stunden hatte er keine feste Nahrung mehr zu sich genommen.«
»Danke, Dr. Rigg. Das ist wohl alles ... Die Untersuchung wird für zwei Wochen, bis zum 28. September, vertagt.«
Langsam verließen die Leute das Gericht. Edna Brent, die sich wie die meisten anderen Mädchen vom Cavendish Schreibbüro die Verhandlung angehört hatte, zögerte noch, als sie vor der Tür stand. Maureen West, eines der anderen Mädchen, fragte sie, ob sie mit zum Essen käme.
»Wir haben viel Zeit, *du* wenigstens.«
»Ich habe auch nicht mehr Zeit als ihr«, protestierte Edna gekränkt.
»Die Wüstenkatze sagte mir, ich sollte gleich während der ersten Pause essen gehen. Gemein von ihr. Ich dachte, ich

könnte eine Stunde Einkäufe und Erledigungen rausschlagen.«
»Das sieht ihr ähnlich«, sagte Maureen. »Wirklich gemein, nicht? Um zwei werden die Läden wieder geöffnet, und dann müssen wir alle an der Schreibmaschine sitzen. Suchst du jemanden?«
»Nur Sheila. Ich habe sie nicht herauskommen sehen.«
»Sie ist schon früher gegangen, gleich nachdem sie ausgesagt hatte. Sie ging mit einem jungen Mann weg – wer es war, habe ich nicht sehen können. Kommst du mit?«
Edna zögerte noch und sagte: »Geht nur – ich muß auf jeden Fall etwas einkaufen.«
Maureen und ein anderes Mädchen gingen los. Edna blieb noch stehen. Endlich faßte sie genug Mut, um den jungen Polizisten am Eingang anzusprechen.
»Könnte ich noch einmal hineingehen?« murmelte sie schüchtern, »und mit dem sprechen, der ins Büro kam. Inspektor . . .«
»Inspektor Hardcastle?«
»Ja. Der, der heute morgen ausgesagt hat.«
»Nun –« Der junge Polizist bemerkte, daß der Inspektor in eine Unterhaltung mit dem Richter und dem Polizeichef vertieft war. »Er scheint beschäftigt, Miss. Vielleicht gehen Sie später zum Revier, oder wenn Sie mir eine Nachricht hinterlassen wollen? – Ist es etwas Wichtiges?«
»Ach, eigentlich nicht«, sagte Edna. »Es ist nur, daß . . . daß es nicht stimmen kann, was sie gesagt hat, denn ich meine . . .«
Sie schüttelte hilflos den Kopf, drehte sich um und ging, noch immer verwundert die Stirn runzelnd, die Straße zur High Street hinunter. Sie versuchte nachzudenken, und das war noch nie Ednas Stärke gewesen. Einmal sagte sie laut:
»Aber es kann doch nicht so gewesen sein, daß . . . es kann nicht so gewesen sein, wie sie sagte . . .« Plötzlich verriet ihr Gesicht, daß sie zu einem Entschluß gekommen war. Sie bog von der High Street ab und ging in Richtung Wilbraham Crescent.

Seit die Presse von dem Mord berichtet hatte, war Wilbraham Crescent Nr. 19 ein Anziehungspunkt geworden. »Das ist das Haus . . . das da. – Die Leiche war im Wohnzimmer, da links . . . Die Arme, der das Haus gehört, ist *blind,* sie *konnte* nicht wissen, was vorging . . . sie war gar nicht da . . . doch, ich denke schon, oben . . .«

Edna Brent, immer noch krampfhaft nachdenkend, stieß auf eine Gruppe von fünf oder sechs Leuten, die sich dem beliebten Zeitvertreib hingaben, sich das Haus anzusehen, in dem der Mord geschehen war. Edna wurde von dieser Neugierde angesteckt und betrachtete es ebenfalls. Das also war das berüchtigte Haus! Es sah so nett aus, und doch war ein Mann dort getötet worden . . . mit einem Küchenmesser, einem gewöhnlichen Küchenmesser. Beinahe jeder hatte ein Küchenmesser . . .

Fast vergaß Edna, weshalb sie hergekommen war. Sie wollte gerade auf das Haus zugehen, als eine Stimme in ihr Ohr sprach. Überrascht erkannte sie die Stimme und wandte sich um.

17

Colins Bericht

Ich bemerkte, wie Sheila Webb leise den Gerichtssaal verließ. Sie hatte eine gute Aussage gemacht. Sie hatte nervös gewirkt, aber nicht zu sehr. Ich hörte das überraschende Ende von Dr. Riggs Aussage – Dick Hardcastle hatte mir nichts davon gesagt, obwohl er es gewußt haben mußte –, und dann ging ich ihr nach.

»War doch gar nicht so schlimm«, sagte ich, als ich sie eingeholt hatte.

»Nein, eigentlich war es ganz einfach . . . Was kommt nun?«

»Der Richter wird die Untersuchung vertagen – um der Polizei die Möglichkeit zu geben, weitere Beweise zu sammeln.

Wahrscheinlich auf einen Termin in vierzehn Tagen, oder bis die Polizei den Toten identifizieren konnte.«
»Meinen Sie, daß sie ihn identifizieren *werden*?«
»O ja«, sagte ich, »zweifellos.«
Sie fröstelte. »Es ist kalt heute.«
Mir schien es eher warm zu sein. »Wie wäre es mit einem frühen Lunch?« schlug ich vor. »Sie müssen doch nicht in Ihr Büro zurück?«
»Nein, bis zwei Uhr ist heute geschlossen.«
»Also, kommen Sie. Mögen Sie chinesische Küche? Ich sehe dort gerade ein kleines chinesisches Restaurant.«
Sheila war unschlüssig. »Ich muß noch ein paar Besorgungen machen – nachher geht es nicht mehr, einige Geschäfte schließen zwischen eins und zwei.«
»Gut. – Wollen wir uns dann in einer halben Stunde dort treffen?« Sheila sagte zu, und ich ging zum Strand hinunter. Da der Wind kräftig von der See her wehte, war ich allein. Ich wollte nachdenken. Man wird immer wütend, wenn andere mehr von einem wissen als man selbst. Doch der alte Beck und Hercule Poirot und Dick Hardcastle, sie alle hatten ganz klar gesehen, was ich mir selbst nicht eingestehen wollte. Mir lag an dem Mädchen – so, wie mir nie zuvor an einem anderen Mädchen gelegen hatte. Es war nicht ihre Schönheit – sie war auf eine ungewöhnliche Weise hübsch, aber nicht mehr. Es war nicht ihr Sex-Appeal – Sex-Appeal hatte ich bis zum Überdruß kennengelernt. Es war nichts weiter, als daß mir fast vom ersten Augenblick an klar war: Das ist *mein* Mädchen. Und ich wußte doch überhaupt nichts von ihr!

Es war gerade zwei Uhr vorbei, als ich aufs Revier kam und nach Dick fragte. Ich fand ihn an seinem Schreibtisch. Er fragte mich, ob ich meinen Spezialisten konsultiert hätte.
»Du hast ihn doch nicht nur aus purer Nächstenliebe aufgesucht, oder?«
»Du bist ein mißtrauischer Bursche, Dick. Dein Beruf hat dich verdorben«, antwortete ich. »Mitleid war das Hauptmo-

tiv. Aber auch die Neugierde trieb mich zu ihm. Ich wollte wissen, was er zu unserem besonderen Problem zu sagen hätte.«

»Und was hat er gesagt?«

»Daß es ein sehr *einfacher* Mordfall sein müsse – weil die ganzen Umstände so kompliziert wären.«

Hardcastle schüttelte den Kopf.

»Das begreife ich nicht . . . Sonst noch etwas?«

»Er riet mir, mit den Nachbarn zu sprechen. Ich versicherte ihm, daß wir das getan hätten.«

»Die Nachbarn sind jetzt, angesichts der Aussage des Arztes, sogar noch wichtiger geworden.«

»Die Vermutung, daß er irgendwo betäubt und dann nach Nr. 19 gebracht wurde, um dort getötet zu werden? Das ist ungefähr das, was Mrs. – wie hieß sie nur – die Katzenfrau, sagte. Ich hielt es damals für eine sehr interessante Bemerkung.«

»Diese Katzen«, fuhr Dick schaudernd zusammen. »Übrigens haben wir die Waffe gefunden. Gestern – in dem Katzenstall. Vermutlich vom Mörder nach dem Verbrechen dort versteckt. Fingerabdrücke sorgfältig abgewischt. Und das Messer könnte jedem gehören – etwas gebraucht – vor kurzem geschärft.«

»Dann wurde er also betäubt, und daraufhin nach Nr. 19 gebracht – im Auto? Oder wie?«

»Er *könnte* aus einem der Häuser, deren Gärten daran stoßen, dorthin gebracht worden sein. Das wäre allerdings ein kühnes Unterfangen und würde genaue Kenntnis der Gewohnheiten der Nachbarn voraussetzen. Wahrscheinlicher ist, daß er in einem Auto in Nr. 19 gebracht wurde.«

»Auch das wäre riskant. Ein Auto bemerken die Leute.«

»Niemand hat es bemerkt. Aber du hast recht; der Mörder konnte nicht damit rechnen, daß es niemand sehen würde. Passanten würden es bestimmt bemerkt haben, wenn an jenem Tag ein Wagen vor Nr. 19 gehalten hätte . . .«

»Dessen bin ich mir nicht so sicher«, sagte ich. »Heutzutage ist jeder so an Autos gewöhnt, es sei denn, es wäre ein besonders auffallender Wagen gewesen. Doch das ist sehr unwahrscheinlich.«

»Und dann war natürlich gerade Mittagszeit. Ist dir klar, Colin, daß damit Miss Millicent Pebmarsh wieder in den Mittelpunkt unseres Interesses rückt? Es schien so weit hergeholt, daß ein gesunder Mann von einer blinden Frau erstochen werden könnte – außer wenn er betäubt war . . .«

»Mit anderen Worten: ›Wenn er dorthin ging, um ermordet zu werden‹, wie es unsere Mrs. Hemming formulierte, dann kam er ganz unauffällig auf eine Verabredung hin. Ein Sherry oder Cocktail wurde ihm angeboten – das Gift wirkte, und Miss Pebmarsh ging an die Arbeit. Dann wusch sie das Glas aus, deponierte die Leiche säuberlich auf dem Fußboden, warf das Messer in den Katzenstall in Nachbars Garten und ging wie gewöhnlich fort.«

»Auf dem Weg rief sie das Cavendish-Schreibbüro an –«

»Weshalb sollte sie das getan haben? Und warum sollte sie dann ausdrücklich nach Sheila Webb fragen?«

»Ich wünschte, wir wüßten es.« Hardcastle sah mich an. »Weiß *sie* es? Das Mädchen selber?«

»Sie sagt nein.«

»Sie sagt, sie weiß es nicht«, wiederholte Hardcastle trocken. »Ich frage dich, was *du* davon hältst?«

Ich schwieg einen Augenblick. Was *hielt* ich davon? Ich mußte mich jetzt auf meinen eigenen Plan konzentrieren. Er mußte die Wahrheit ans Licht bringen. Sie würde Sheila nicht schaden können, wenn sie das war, wofür ich sie hielt. Mit einer brüsken Bewegung zog ich eine Postkarte aus der Tasche und schob sie über den Tisch.

»Die hat Sheila mit der Post bekommen.«

Hardcastle untersuchte sie. Sie gehörte zu einer Postkartenserie mit Fotografien von Londoner Gebäuden. Die Oberste Strafkammer war darauf abgebildet. Hardcastle drehte sie um. Rechts stand die Adresse in sauberen Druckbuchstaben: Miss R. S. Webb, Palmerstone Road 14, Crowdean, Sussex.

Links, ebenfalls in Druckbuchstaben, stand der Satz: »Denk daran!« Und darunter: »4.13 Uhr.«
»4.13 Uhr«, sagte Hardcastle. »Das war die Zeit, die die Uhren am Tag des Mordes anzeigten.« Er schüttelte den Kopf. »Eine Abbildung von Old Bailey, die Worte ›Denk daran‹, und die Zeit – 4.13 Uhr. Es *muß* mit irgend etwas zusammenhängen!«
»Sie sagt, sie wüßte nicht, was es bedeuten soll«, ergänzte ich. »Und ich glaube ihr.«
Hardcastle nickte.
»Ich behalte die Karte. Vielleicht kommen wir damit weiter.«
»Hoffentlich.«
Um die plötzlich zwischen uns aufgekommene Verlegenheit zu überbrücken, sagte ich:
»Du hast einen ordentlichen Packen da liegen.«
»Nur das übliche. Und das meiste taugt nichts. Der Tote hatte keine Vorstrafen, seine Fingerabdrücke sind nicht registriert. Das ganze Zeug stammt von Leuten, die behaupten, ihn erkannt zu haben.« Und Hardcastele las ein paar Zuschriften vor – von verlassenen Frauen, die ihren Mann wiederzuerkennen glaubten, oder von Müttern, die schworen, der Tote sei ihr Sohn, den sie seit zwanzig Jahren nicht mehr gesehen hatten.
»Und hier ist die Liste der vermißten Personen. Hilft auch nicht weiter«, meinte Hardcastle. Sein Telefon läutete.
»Ja? – Was? – Haben Sie den Namen? – Verstehe. Machen Sie weiter.« Er legte auf. Sein Gesicht war völlig verändert – ernst, fast zornig.
»In einer Telefonzelle in der Wilbraham Crescent haben sie ein Mädchen tot aufgefunden«, sagte er.
»Tot?« Ich starrte ihn an. »Wie?«
»Erwürgt – mit ihrem eigenen Schal erdrosselt.«
Mir wurde plötzlich ganz kalt.
»Welches Mädchen? Es ist doch nicht –«
Hardcastle sah mich mit einem kalten, abschätzenden Blick an, der mir nicht gefiel.

»Deine Freundin ist es nicht«, sagte er, »falls du das befürchtet hast. Der Polizist dort scheint sie zu kennen. Er sagt, das Mädchen arbeitet im selben Büro – Edna Brent heißt sie.«
»Wer hat sie gefunden? Der Polizist?«
»Miss Waterhouse fand sie, die Frau von Nr. 18. Anscheinend ging sie zur Zelle, um zu telefonieren, weil ihr Apparat nicht funktionierte, und dort fand sie das Mädchen – ein zusammengesunkenes Häufchen.«
Die Tür öffnete sich, und ein Polizist sagte: »Dr. Rigg hat angerufen, daß er schon auf dem Wege sei. Er wird in Wilbraham Crescent auf Sie warten.«

18

Anderthalb Stunden waren vergangen, als Inspektor Hardcastle sich wieder hinter seinen Schreibtisch setzte und erleichtert eine amtlich genehmigte Tasse Tee entgegennahm. Sein Gesicht trug immer noch den düsteren, zornigen Ausdruck.
»Verzeihen Sie, Sir, Pierce würde Sie gern kurz sprechen.«
Pierce, ein nervös aussehender junger Polizist, trat ein. »Entschuldigen Sie, Sir, ich dachte, daß ich es Ihnen vielleicht sagen sollte.«
»Was sagen?«
»Es war nach der Leichenschau, Sir, ich hatte Dienst an der Tür. Dieses Mädchen – dieses Mädchen, das getötet wurde, es sprach mich an . . . Sie wollte mit Ihnen sprechen, Sir.«
Hardcastle, plötzlich alarmiert, setzte sich aufrecht.
»Sagte sie, weshalb?«
»Eigentlich nicht, Sir. Es tut mit leid, Sir, falls ich – ich deswegen etwas hätte unternehmen sollen. Ich fragte das Mädchen, ob sie eine Nachricht hinterlassen wolle oder später aufs Revier kommen könnte. Sie sprachen nämlich gerade mit dem Polizeichef und dem Richter, und ich dachte . . .«

»Verdammt! Hätten Sie ihr nicht sagen können, daß sie warten soll, bis ich fertig bin?«
»Es tut mir leid, Sir.« Der junge Mann errötete. »Wenn ich gewußt hätte ... Aber ich nahm nicht an, daß es etwas Wichtiges wäre. Ich glaube, selbst *sie* dachte, daß es nicht so wichtig war. Es war nur etwas, was sie bekümmerte.«
»Bekümmerte?« fragte Hardcastle. Er schwieg geraume Weile und dachte daran, daß er an jenem Mädchen auf der Straße vorbeigegangen war, als er Mrs. Lawton aufsuchte. Das Mädchen, das Sheila Webb hatte sprechen wollen. Das Mädchen, das ihn erkannt und gezögert hatte, als überlege es, ob es ihn ansprechen solle oder nicht. Sie hatte etwas auf dem Herzen gehabt, daran gab es keinen Zweifel. Er hatte etwas übersehen. Er hatte nicht aufgepaßt. Er hatte einfach nicht schnell genug reagiert. Er war mit seinem eigenen Vorhaben, etwas über Sheila Webbs Vergangenheit herauszufinden, zu sehr beschäftigt gewesen und hatte einen wichtigen Punkt übersehen. Weswegen war das Mädchen bekümmert gewesen? Jetzt würden sie es wahrscheinlich nie mehr erfahren.
»Fahren Sie fort, Pierce«, sagte er, »erzählen Sie alles, woran Sie sich erinnern können.« Er fügte freundlich hinzu, denn er war ein fairer Mann: »Sie konnten nicht wissen, daß es wichtig war ... Können Sie sich noch genau erinnern, was geschah und was sie zu Ihnen sagte, Pierce?«
»Nun, Sir, sie sprach mich an, als alle den Saal verließen, und sie zögerte so ein bißchen und sah sich um, als ob sie nach jemandem suchte. Dann fragte sie mich, ob sie mit dem Inspektor sprechen könne, der gerade ausgesagt habe. Da Sie, wie gesagt, gerade mit dem Polizeichef redeten, erklärte ich ihr, daß Sie gerade beschäftigt seien, und ob sie mir nicht eine Botschaft auftragen oder Sie später auf dem Revier aufsuchen könnte? Und ich glaube, sie sagte, das ginge schon. Ich fragte, ob es etwas Besonderes sei ...«
»Ja?« Hardcastle beugte sich vor.
»Und sie sagte, eigentlich nicht. Es sei nur, daß es nicht stimmen kann, was sie gesagt hat.«

»Sie sagte, daß es nicht stimmen kann, was sie gesagt hat?« wiederholte Hardcastle kopfschüttelnd.
»Ja, Sir. Ich weiß nicht, ob es genau diese Worte waren. Sie runzelte die Stirn und sah etwas verwirrt aus. Aber sie sagte, daß es eigentlich nicht so wichtig sei, als ich sie danach fragte.«
Eigentlich nicht wichtig, hatte das Mädchen gesagt. Dasselbe Mädchen, das kurz darauf erdrosselt in einer Telefonzelle aufgefunden wurde . . .
»War jemand in der Nähe, als das Mädchen mit Ihnen sprach?« fragte Hardcastle.
»Nun ja, Sir, es kamen eine Menge Leute heraus, wissen Sie . . . aber an irgend jemand bestimmten kann ich mich nicht erinnern.«
»Nicht zu ändern. – Gut, Pierce, wenn Ihnen noch etwas einfallen sollte, kommen Sie sofort zu mir.«
Als er allein war, versuchte er seinen aufsteigenden Zorn und seine Selbstbeschuldigungen zu unterdrücken. Das Mädchen hatte etwas gewußt . . . vielleicht nicht *gewußt,* aber etwas gehört oder gesehen. Etwas, das es beunruhigte, und nach der gerichtlichen Untersuchung war die Beunruhigung noch größer geworden. Was konnte es sein? Wahrscheinlich etwas, was Sheila Webb ausgesagt hatte! Vor zwei Tagen war sie zu dem Haus von Sheilas Tante gegangen, um Sheila zu sprechen. Sie hätte doch im Büro mit ihr sprechen können. Weshalb wollte das Mädchen Sheila nur in deren Wohnung sprechen? Es hatte sie etwas fragen wollen – aber nicht vor den anderen Mädchen, das war es.

»Weshalb, meinen Sie, ging das Mädchen zur Wilbraham Crescent?« fragte Sergeant Cray, als sie nach bedrückenden anderthalb Stunden wieder im Büro waren.
»Das habe ich mich auch gefragt. Es ist natürlich möglich, daß es nur Neugierde war . . . andererseits«, sagte Hardcastle langsam, »hat sie vielleicht jemanden aufsuchen wollen, der dort wohnt . . .« Als Sergeant Cray gegangen war, schrieb

Hardcastle drei Nummern auf sein Löschblatt. »18«, und dann setzte er ein Fragezeichen dahinter, ebenso hinter »19« und »20« und die dazugehörigen Namen: »Hemming, Pebmarsh, Waterhouse.« Die drei Häuser am äußeren Bogen kamen nicht in Frage, dann wäre Edna Brent nicht den inneren Bogen entlanggegangen.

Zuerst machte er sich Gedanken über Nr. 20. Dort hatte man das Messer gefunden, das beim ersten Mord verwendet worden war. Es war wahrscheinlicher, daß das Messer vom Garten von Nr. 19 aus herübergeworfen worden war, aber *wissen* konnte man das nicht. Es hätte auch vom Besitzer von Nr. 20 selbst in den Stall geworfen worden sein können. Bei der Befragung hatte Mrs. Hemming nur empört reagiert: »Wie abscheulich von jemandem, ein scheußliches Messer nach meinen Katzen zu werfen!« Gab es eine Verbindung zwischen Mrs. Hemming und Edna Brent? Keine, entschied der Inspektor und ging zu Miss Pebmarsh über.

War Edna Brent nach Wilbraham Crescent gegangen, um Miss Pebmarsh aufzusuchen? Miss Pebmarsh hatte bei der gerichtlichen Leichenschau ausgesagt. Hatte sie etwas behauptet, das bei Edna Zweifel erregt hatte? Sie war aber schon *vor* der Untersuchung bedrückt gewesen. Hatte sie ein Geheimnis über Miss Pebmarsh gewußt – zum Beispiel, daß zwischen Miss Pebmarsh und Sheila Webb irgendeine Verbindung bestand? Das würde zu dem passen, was sie zu Pierce gesagt hatte: »Was sie sagte, kann nicht stimmen.«

Und Nr. 18? Miss Waterhouse hatte die Leiche gefunden. Aus beruflichen Gründen war Inspektor Hardcastle sofort gegen Leute eingenommen, die Leichen fanden. Eine Leiche finden, das machte die Sache für den Mörder so einfach – er brauchte kein Alibi zu konstruieren, es entschuldigte Fingerabdrücke, die versehentlich nicht entfernt worden waren. Vorausgesetzt allerdings, daß es kein Motiv gab. Und Miss Waterhouse hatte todsicher kein denkbares Motiv, um die kleine Edna Brent aus dem Weg zu schaffen.

Hatte Edna aber vielleicht einen Grund zur Annahme, daß Miss Waterhouse am Telefon die Stimme von Miss Pebmarsh nachgeahmt und nach einer Stenotypistin gefragt hatte?

Nichts als Vermutungen.

Und dann war da natürlich noch Sheila Webb selbst...

Hardcastle griff nach dem Telefon und rief Colin in dem Hotel an, in dem dieser wohnte.

»Hardcastle hier – um welche Zeit hast du heute mit Sheila Webb zu Mittag gegessen?«

Erst nach einer Pause antwortete Colin: »Woher weißt du, daß wir zusammen gegessen haben?«

»Gut geraten. Es stimmt, nicht wahr?«

»Warum sollte ich auch nicht mit ihr essen?«

»Gar nichts dagegen. Ich frage nur wegen der Zeit. Seid ihr gleich nach der Verhandlung zum Essen gegangen?«

»Nein. Sie mußte noch einkaufen. Wir trafen uns in dem chinesischen Restaurant in der Market Street um 13 Uhr.«

»Ach so.« Hardcastle sah auf seine Notizen. Edna Brent war zwischen 12.30 und 13 Uhr gestorben.

»Möchtest du vielleicht wissen, was wir gegessen haben?«

»Nun bleib mal auf dem Teppich. Ich wollte nur die genaue Zeit wissen. Für das Protokoll.«

»So steht es also.«

Mit dem Versuch, das gespannte Schweigen zu überbrükken, sagte Hardcastle: »Wenn du heute abend nichts Besonders vorhast . . .«

Der andere unterbrach ihn.

»Ich fahre weg. Packe gerade. Es lag eine Nachricht für mich hier. Ich muß ins Ausland . . . wann ich zurück sein werde, weiß ich noch nicht. Vielleicht in einer Woche – vielleicht später – vielleicht niemals!«

»Pech – nicht?«

»Ich bin mir nicht so sicher«, sagte Colin und legte auf.

19

Hardcastle kam in Wilbraham Crescent Nr. 19 gerade an, als Miss Pebmarsh das Haus verließ.

»Kann ich Sie eine Minute sprechen, Miss Pebmarsh?«

»Oh, Inspektor Hardcastle. Ich möchte nicht zu spät ins Institut kommen. Wird es lange dauern?«

»Bestimmt nur drei oder vier Minuten.«

Sie ging ins Haus, und er folgte.

»Sie haben gehört, was heute nachmittag passiert ist?« fragte er.

»Ist irgend etwas passiert?«

»Ich dachte, Sie hätten es gehört. Ein Mädchen wurde in der Telefonzelle in dieser Straße ermordet ... vor zwei Stunden und fünfundvierzig Minuten.«

»Ich habe nichts davon gehört.« Ein Ton der Erbitterung lag in ihrer Stimme. Es war, als ob ihr ihre Behinderung auf besonders schmerzliche Weise zu Bewußtsein gebracht worden wäre. »Ein Mädchen – ermordet! Welches Mädchen?«

»Ihr Name ist Edna Brent, und sie arbeitet im Cavendish-Schreibbüro.«

»Noch ein Mädchen von dort! Hatte man sie auch angefordert wie diese Sheila – ich weiß ihren Namen nicht mehr?«

»Ich glaube nicht«, meinte der Inspektor. »Dieses Mädchen hat Sie nicht zufällig hier aufgesucht?«

»Hier? Nein, bestimmt nicht!«

»Sind Sie um diese Zeit zu Hause gewesen? So gegen 12.30 Uhr oder ein bißchen später?«

»Ja, da bin ich hier gewesen. Ich bin nach der gerichtlichen Untersuchung direkt heimgegangen.« Nach einer Pause fuhr sie fort: »Weshalb hätte mich das Mädchen Ihrer Meinung nach sprechen wollen?«

»Nun, es war heute bei der gerichtlichen Leichenschau und hatte Sie dort gesehen. Es muß einen Grund gehabt haben, nach Wilbraham Crescent zu kommen. Soweit wir wissen,

kannte es niemanden in dieser Straße . . . Weshalb nun gerade zu Ihnen? – Das weiß man bei diesen Mädchen nie! Vielleicht wollte es nur ein Autogramm. So etwas.«
»Ein Autogramm!« rief Miss Pebmarsh verachtungsvoll. »Ja . . . ja, vielleicht haben Sie recht. So etwas kommt vor.« Dann schüttelte sie entschieden den Kopf.
»Ich kann Ihnen nur versichern, Inspektor Hardcastle, daß niemand hier war, seitdem ich von der Untersuchung zurückgekommen bin. – Wie alt war sie eigentlich . . .? Neunzehn? Sehr jung.« Ihre Stimme veränderte sich, sie murmelte: »Sehr jung . . . armes Kind. Wer würde ein Mädchen in dem Alter töten wollen? Hatte es viel – Sex-Appeal?«
»Den hätte es gern gehabt, aber das war nicht der Fall.«
»Das war dann also nicht der Grund«, sagte Miss Pebmarsh und schüttelte wiederum den Kopf. »Es tut mir leid – mehr, als ich Ihnen sagen kann –, daß ich nicht helfen kann.«
Er ging, wie immer beeindruckt von Miss Pebmarshs Persönlichkeit.

Auch Miss Waterhouse traf Hardcastle an. »Ich habe Ihren Leuten schon alles erzählt, was ich weiß«, knurrte sie.
»Sicherlich haben Sie alle Fragen beantwortet, die Ihnen gestellt wurden . . . Aber man kann nicht alle auf einmal stellen, verstehen Sie? Wir müssen noch ein paar Einzelheiten erörtern.«
»Das sehe ich nicht ein«, entgegnete Miss Waterhouse. »Es war ein furchtbarer Schock für mich. Kommen Sie doch herein! Sie können schließlich nicht den ganzen Tag auf der Matte stehen bleiben. Fragen Sie mich, soviel Sie wollen, obgleich ich wirklich nicht weiß, was für Fragen Sie noch haben sollten. Wie ich Ihren Leuten schon sagte, ging ich telefonieren. Ich öffnete die Tür der Zelle, und da lag das Mädchen. Ich rannte los und holte den Polizisten. Und dann, falls es Sie interessiert, ging ich hierher zurück und bewilligte mir eine medizinisch zulässige Dosis Kognak.«
»Das war sehr klug von Ihnen«, erklärte Inspektor Hard-

castle. »Ich wollte Sie fragen, ob Sie dieses Mädchen bestimmt nie zuvor gesehen haben?«

»Vielleicht habe ich es ein dutzendmal gesehen, aber ich weiß es nicht mehr. Es kann mich bei Woolworth bedient haben, oder mir ein Kinobillett verkauft . . .!«

»Sie arbeitet als Stenotypistin im Cavendish-Schreibbüro.«

»Ich glaube nicht, daß ich jemals eine Stenotypistin gebraucht habe. Vielleicht hat sie im Büro meines Bruders bei Gainsford & Swettenham gearbeitet. Wollen Sie darauf hinaus?«

»O nein«, sagte Hardcastle, »da scheint es keine Verbindung zu geben. Ich fragte mich nur, ob das Mädchen Sie heute morgen aufgesucht hat, ehe es getötet wurde.«

»Mich aufgesucht? Nein, natürlich nicht. Weshalb denn?«

»Nun, das wissen wir nicht. Sie würden aber sagen, daß sich jemand irrt, der es heute durch Ihre Gartenpforte kommen sah?« Er sah sie ganz unschuldig an.

»Jemand sah das Mädchen durch meine Pforte kommen? Unsinn.« Dann zögerte Miss Waterhouse einen Moment. »Es sei denn, es schob ein Flugblatt unter der Tür hindurch . . . Um die Mittagszeit *lag* ein Flugblatt da. Irgend etwas über eine Versammlung der Atomwaffengegner, glaube ich. Es wäre denkbar, daß das Mädchen etwas durch den Briefschlitz gesteckt hat: dafür können Sie mich ja nicht verantwortlich machen, oder?«

»Natürlich nicht. Nun zu Ihrem Anruf. Sie sagten, Ihr Telefon hätte nicht funktioniert. Das Amt sagt, das treffe nicht zu.«

»Telefonämter behaupten dies und das! Ich wählte und hörte ein *höchst* merkwürdiges Geräusch, nicht das Besetztzeichen, und deshalb ging ich zur Telefonzelle.«

»Es tut mir leid, Miss Waterhouse, daß ich Sie so belästigen mußte«, sagte Hardcastle und stand auf, »aber es ist möglich, daß das Mädchen in diese Straße *kam,* um mit jemandem zu sprechen, und daß es zu einem Haus ging, das gar nicht weit von hier entfernt ist.«

»Und deshalb müssen Sie die ganze Straße abklappern? Ich würde meinen, daß es am besten wäre, in das Haus nebenan zu gehen – ich meine, zu Miss Pebmarsh.«
»Weshalb würden Sie das für das beste halten?«
»Sie sagten, sie sei Stenotypistin gewesen im Cavendish-Schreibbüro. Wenn ich mich recht entsinne, hieß es doch, daß Miss Pebmarsh neulich, als der Mann ermordet wurde, nach einer Stenotypistin gefragt hatte.«
»So hieß es. Aber sie bestreitet es.«
»Wenn Sie mich fragen – aber auf mich hört ja niemand, bis es zu spät ist –, dann würde ich sagen, sie ist ein bißchen konfus geworden, diese Miss Pebmarsh. Vielleicht ruft sie Büros an und vergißt es dann völlig ... nein, von Mord oder so etwas habe ich nicht gesprochen. Ich weiß, daß in ihrem Haus ein Mann getötet wurde, aber das bedeutet nicht, daß ich meine, Miss Pebmarsh hätte etwas damit zu tun.«
Hardcastle verabschiedete sich und ging. Er blickte auf die Uhr und stellte fest, daß er noch Zeit hatte, sich das Cavendish-Schreibbüro vorzunehmen. Vielleicht konnten ihm die Mädchen helfen. Außerdem würde auch Sheila Webb dasein.

Als er in das Büro kam, stand ein Mädchen auf. »Inspektor Hardcastle, nicht wahr? Miss Martindale erwartet Sie bereits!« Sie führte ihn in das angrenzende Zimmer. Miss Martindale ging sofort auf ihn los.
»Es ist eine Schande, Inspektor Hardcastle, einfach eine Schande! Sie müssen der Sache auf den Grund gehen, *sofort*! Von der Polizei erwartet man Schutz, und den brauchen wir in diesem Büro. *Schutz!* Ich verlange Schutz für meine Mädchen, und ich werde mich durchsetzen.«
»Ich bin sicher, Miss Martindale, daß –«
»Wollen Sie bestreiten, daß zwei meiner Mädchen, *zwei*, sage ich, zu Opfern wurden? Da muß eine verantwortungslose Person herumlaufen, die – wie nennt man das heute – eine fixe Idee oder einen Haßkomplex hat, der sich gegen Steno-

typistinnen oder Schreibbüros richtet. Erst wird Sheila Webb mit einem herzlosen Trick dazu gebracht, eine Leiche zu finden – und jetzt das! Ein völlig harmloses, nettes Mädchen in einer Telefonzelle ermordet! Sie müssen der Sache auf den Grund gehen, Inspektor!«

»Ich wünsche nichts mehr als das, Miss Martindale. Ich kam, um mich zu erkundigen, ob Sie mir irgendwie helfen können.«

»Helfen! Wie kann ich Ihnen helfen? Können Sie sich nicht denken, daß ich sofort zu Ihnen gerannt wäre, wenn ich helfen könnte? Sie müssen herausfinden, wer die arme Edna getötet hat und wer Sheila diesen herzlosen Schabernack spielte. Ich bin streng zu meinen Mädchen. Aber ich dulde nicht, daß man ihnen übel mitspielt oder sie ermordet. Ich beabsichtige, sie zu verteidigen, und ich beabsichtige, darauf aufzupassen, daß Leute, die vom Staat bezahlt werden, um sie zu schützen, ihre Pflicht tun.«

Sie starrte ihn an und sah dabei aus wie eine Tigerin in Menschengestalt.

»Lassen Sie uns Zeit, Miss Martindale«, sagte er.

»Zeit? Nur weil das dumme Ding tot ist, glauben Sie, Sie hätten so viel Zeit, wie Sie wollen! Wissen Sie, was als nächstes passieren wird? Man wird mir noch eine Schreibkraft umbringen.«

»Ich glaube nicht, daß Sie das befürchten müssen, Miss Martindale.«

»Ich glaube nicht, daß Sie vermuteten, dieses Mädchen würde ermordet werden, als Sie heute früh aufstanden, Inspektor. Sonst hätten Sie ein paar Sicherheitsvorkehrungen getroffen. Die ganze Geschichte ist ungewöhnlich, *verrückt*! Das müssen Sie selbst zugeben ... als ob die Sachen, die man in den Zeitungen liest, wahr wären. All diese Uhren, zum Beispiel. Mir fiel auf, daß sie heute morgen bei der Untersuchung nicht erwähnt wurden.«

»Heute morgen wurde so wenig wie möglich erwähnt, Miss Martindale. Es war nur eine Voruntersuchung, die sofort vertagt wurde, verstehen Sie ... Und Sie können mir gar nichts sagen, keine Andeutung, die Edna Ihnen gegenüber vielleicht gemacht haben könnte? Sie schien nicht bedrückt zu sein? Sie hat Sie nicht um Rat gefragt?«

»Ich glaube nicht, daß sie mich um Rat gefragt hätte, wenn sie etwas bedrückt hätte. Aber weswegen sollte sie sich denn Sorgen machen?«

Das war genau die Frage, die Inspektor Hardcastle gern beantwortet gehabt hätte; aber es wurde ihm klar, daß er diese Antwort kaum von Miss Martindale erhalten würde. So sagte er: »Ich möchte mit den Mädchen in Ihrem Büro sprechen. Vielleicht hat sich Edna Brent ihren Kolleginnen anvertraut ...«

»Möglich, sehr wahrscheinlich sogar«, sagte Miss Martindale. »Sie klatschen die ganze Zeit – diese Mädchen. Sobald sie meinen Schritt hören, fangen die Schreibmaschinen an zu klappern ... Im Augenblick sind nur drei da, die anderen arbeiten außerhalb. Ich kann Ihnen ihre Namen und Adressen geben.«

»Ja, danke sehr, Miss Martindale.«

»Sie wollen sie wahrscheinlich allein sprechen. Sie würden nicht offen reden, wenn ich dabei bin. Sie müßten dann nämlich zugeben, daß sie die Zeit mit Reden vertrödelt haben.«

Sie stand auf, öffnete die Tür und sagte: »Mädels, Inspektor Hardcastle möchte einiges mit euch besprechen. Ihr dürft eure Arbeit einen Augenblick unterbrechen. Teilt ihm alles mit, was ihr wißt und was zur Aufklärung des Mordes an Edna Brent beitragen kann.«

Sie ging in ihr Privatbüro zurück, und Hardcastle fragte ganz zwanglos:

»Sie haben vermutlich gehört, was Edna Brent passiert ist, die hier arbeitete? ... Wie haben Sie das eigentlich erfahren?«

Sie sahen sich an, als ob sie sich entscheiden wollten, wer als Sprecherin fungieren sollte. Alle schienen sich einig, daß die blonde Janet die geeignete Person dafür war.

»Edna kam um zwei Uhr nicht zur Arbeit zurück, wie sie es sollte«, erklärte Janet.
»Und die Wüstenkatze war sehr ärgerlich«, ergänzte die dunkelhaarige Maureen . . . »ich meine natürlich Miss Martindale.«
Das dritte Mädchen kicherte. »Wir nennen sie Wüstenkatze«, erläuterte es.
Nicht ganz unpassend, dachte der Inspektor.
»Sie kann ziemlich ekelhaft sein, wenn sie will«, sagte Maureen. »Sie fragte, ob Edna nichts davon gesagt habe, daß sie an diesem Nachmittag nicht ins Büro kommen wolle und daß sie wenigstens eine Entschuldigung hätte schicken müssen.«
Das blonde Mädchen sagte: »Ich berichtete Miss Martindale, daß sie mit uns zusammen bei der gerichtlichen Untersuchung gewesen sei, daß wir sie aber danach nicht mehr gesehen hätten und nicht wüßten, wohin sie gegangen sei.«
»Das stimmte doch, nicht wahr?« fragte Hardcastle.
»Ich schlug ihr vor, mit mir zusammen essen zu gehen«, sagte Maureen, »aber irgend etwas schien sie zu beschäftigen. Sie meinte, sie wüßte noch nicht, ob sie überhaupt essen gehen würde – wollte nur etwas kaufen und dann ins Büro kommen.«
»Sie wollte tatsächlich wieder ins Büro kommen?«
»O ja, natürlich!«
»Hat jemand von Ihnen irgendeine Veränderung an Edna Brent bemerkt in den letzten Tagen? Schien sie irgendwie bekümmert zu sein? Hat sie Ihnen etwas darüber gesagt?«
»Sie war immer über irgend etwas bekümmert«, meinte Maureen. »Sie brachte Sachen durcheinander und machte Fehler. Sie war ein bißchen begriffsstutzig.«
»Bei ihr ging immer etwas schief«, bestätigte das kichernde Mädchen. »Wißt ihr, wie neulich ihr Pfennigabsatz abbrach? So etwas konnte nur Edna passieren.«
Hardcastle entsann sich, wie das Mädchen dagestanden und betrübt auf den Schuh in seiner Hand geschaut hatte.
»Wann haben Sie erfahren, was geschehen ist?« fragte er.

Sie sahen sich an. Das kichernde Mädchen errötete schuldbewußt. Es schielte auf die Tür von Miss Martindales Privatbüro.

»Nun ja, ich – äh – ich bin schnell Kuchen kaufen gegangen. Und als ich in den Laden an der Ecke kam, wo die Frau mich gut kennt, sagte sie: ›Sie hat bei euch gearbeitet, nicht wahr?‹ und ich fragte: ›Wen meinen Sie?‹ Und da sagte sie: ›Dieses Mädchen, das sie gerade tot in einer Telefonzelle gefunden haben.‹ Hab ich einen Schreck bekommen! Ich raste zurück und erzählte es den andern, und schließlich meinten wir, wir müßten es Miss Martindale sagen; und gerade in dem Augenblick kam sie raus und sagte zu uns: ›Was geht hier vor? Nicht eine einzige Schreibmaschine ist zu hören . . .‹ Und so erzählten wir es ihr.«

»Erst wollte sie es nicht glauben«, sagte die Brünette. »Sie sagte ›Unsinn! Das muß ein anderes Mädchen gewesen sein. Weshalb sollte es ausgerechnet Edna sein?‹ Und sie ging in ihr Zimmer zurück und rief die Polizei an und erfuhr, daß es *stimmte.*«

»Ich verstehe nur nicht«, sagte Jane nachdenklich, »wieso *irgend jemand* ausgerechnet Edna ermorden wollte.«

»Sie hat ja keinen Freund oder so«, fügte die Brünette hinzu.

Alle drei sahen erwartungsvoll auf Hardcastle, als ob er die Antwort auf ihr Problem wüßte. Er seufzte. Hier war für ihn nichts zu holen. Vielleicht bei einem der andern Mädchen. Und dann blieb ja auch noch Sheila selbst.

»Waren Sheila Webb und Edna Brent gut befreundet?«

Sie sahen sich unsicher an. »Eigentlich nicht.«

»Wo ist übrigens Miss Webb?«

Man sagte ihm, daß Sheila Webb im Curlew Hotel gerade für Professor Purdy arbeitete.

20

Professor Purdy war verärgert, als er das Diktat unterbrach, weil das Telefon läutete.
»Wer? Was? Er ist *jetzt* hier? Fragen Sie ihn, ob es nicht Zeit hat bis morgen – Oh, also gut – Sagen Sie ihm, er soll heraufkommen ... Wie soll man nur ernsthaft arbeiten, wenn man dauernd unterbrochen wird ... Wo waren wir stehengeblieben?« fragte er jetzt Sheila Webb.
Sheila wollte gerade antworten, als es an der Tür klopfte. Mit einigen Schwierigkeiten kehrte Professor Purdy von den Problemen vor etwa 3000 Jahren in die Gegenwart zurück.
»Ja, herein, was ist denn? Ich darf vielleicht darauf hinweisen, daß ich *nicht* gestört werden wollte heute nachmittag.«
»Ich bedauere es sehr, wirklich sehr, Sir, daß ich Sie stören muß. Guten Abend, Miss Webb!«
Sheila war aufgestanden und hatte ihren Stenoblock weggelegt. Hardcastle fragte sich, ob er es sich nur einbildete oder ob ihre Augen tatsächlich einen plötzlichen Schrecken verrieten.
»Worum geht es also?« fragte der Professor scharf.
»Ich bin Inspektor Hardcastle, wie Ihnen Miss Webb bestätigen wird ... und ich möchte eigentlich nur ein paar Worte mit Miss Webb sprechen.«
»Können Sie nicht warten? Es paßt jetzt wirklich außerordentlich schlecht ... Miss Webb wird in einer Viertelstunde fertig sein – nun, vielleicht in einer halben, so ungefähr. Oje, ist es denn schon sechs Uhr?«
»Tut mir leid, Professor Purdy«, jetzt war Hardcastles Ton bestimmt.
»Also gut. Wahrscheinlich ein Verkehrsdelikt?«
»Es geht um mehr – um ein Mädchen namens Edna Brent.«
Er wandte sich zu Sheila Webb.
»Ich nehme an, daß Sie davon gehört haben?«
Sie sah ihn an. Herrliche Augen. Kornblumenblaue Augen. Augen, die ihn an jemanden erinnerten.

»Edna Brent, sagten Sie? Natürlich kenne ich sie. Was ist mit ihr?«
»Ich merke, daß die Neuigkeiten noch nicht bis zu Ihnen gedrungen sind. Wo haben Sie zu Mittag gegesssen, Miss Webb?«
Sie errötete.
»Mit einem Freund im Ho-Tung-Restaurant, falls – Sie das wirklich etwas angehen sollte ... Dann habe ich das Büro angerufen, und mir wurde gesagt, daß ich sofort zu Professor Purdy gehen und mich um halb drei bei ihm melden sollte.«
»Das stimmt«, sagte der Professor, »und seit dieser Zeit haben wir gearbeitet. Ich hätte Tee bestellen sollen, Sie haben ihn sicherlich vermißt, Miss Webb. Aber ich sollte ja nicht unterbrechen, da der Inspektor Ihnen einige Fragen stellen will.«
»Sie wissen also nicht, was Edna Brent passiert ist?«
»Passiert? Ihr? Was meinen Sie? Hatte sie einen Unfall?«
»Ja«, sagte Hardcastle und fuhr so brutal wie möglich fort: »Sie wurde um halb eins in einer Telefonzelle ermordet.«
Sheila Webb sagte nichts. Sie sah ihn nur an. Ihr Mund öffnete sich etwas, ihre Augen wurden groß. Entweder hörte sie es wirklich zum ersten Mal, oder sie ist eine verdammt gute Schauspielerin, dachte Hardcastle bei sich.
»Edna – *ermordet*! Aber warum?«
»Wußten Sie nicht, Miss Webb, daß Edna Brent Sie vorgestern dringend sprechen wollte, daß sie zum Haus Ihrer Tante kam und einige Zeit auf Sie wartete?«
»Wiederum mein Fehler«, sagte der Professor schuldbewußt. »Ich habe Miss Webb an dem Abend lange aufgehalten.«
»Meine Tante sagte es mir«, erwiderte Sheila, »aber ich wußte nicht, daß es sich um etwas Wichtiges handelte. War Edna in Schwierigkeiten?«
»Das wissen wir nicht. Wahrscheinlich werden wir es nie erfahren. Es sei denn, *Sie* können es uns sagen.«
»Ich? Woher sollte ich es wissen?« Sie schüttelte den Kopf.

»Ich habe nicht den geringsten Anhaltspunkt. Sie hat nicht die kleinste Andeutung gemacht – ich war gestern den ganzen Tag nicht im Büro. Ich mußte zu Landis Bay gehen, einem unserer Autoren. Dort hielt ich mich den ganzen Tag auf.«
»Sie hatten nicht den Eindruck, daß Edna in letzter Zeit bekümmert war?«
»Nun, Edna sah immer bekümmert oder verwirrt aus. Sie wußte nie, ob das, was sie tun wollte, richtig oder falsch war. Einmal hat sie zwei ganze Seiten von Armand Levines Buch vergessen abzuschreiben. Ich sagte ihr, sie sollte ihm das lieber sofort mitteilen, denn die Leute lesen das getippte Manuskript nicht immer gleich. Aber dieser Vorschlag gefiel ihr nicht.«
»Kam sie also gewöhnlich zu Ihnen und fragte um Rat, wenn solche Probleme auftauchten?«
»O ja. Das Dumme war natürlich, daß wir nicht immer einer Meinung waren. Dann war sie wieder verwirrt.«
»Es war also ganz natürlich, daß sie zu Ihnen kam, wenn sie ein Problem hatte. Kam das oft vor?«
»Ja.«
»Sie meinen nicht, daß es diesmal etwas Ernsteres gewesen sein könnte?«
»Das glaube ich nicht. Was hätte es denn sein können?«
War Sheila wirklich so unbefangen, wie sie tat? fragte sich der Inspektor.
»Ich weiß nicht, worüber sie mit mir sprechen wollte«, fuhr Sheila jetzt schneller und ziemlich atemlos fort. »Ich kann mir wirklich nicht denken, weshalb sie zu mir nach Hause kam und mit mir *dort* sprechen wollte: Vielleicht über das Büro, was die andern nicht hören sollten? Das ist höchst unwahrscheinlich. Das kann es bestimmt nicht gewesen sein.«
Ihr Atem ging jetzt schnell und heftig.
»Sie können mir also nicht helfen, Miss Webb?«
»Nein, es tut mir leid. Edna tut mir *sehr* leid, aber ich weiß nichts, was Ihnen weiterhelfen könnte.«

»Nichts, was in irgendeiner Beziehung zu dem stehen könnte, was am 9. September passierte?«
»Sie meinen – mit dem Mann – diesem Mann in Wilbraham Crescent? Wie sollte das damit zusammenhängen? Was hätte Edna davon wissen können?«
»Vielleicht nichts Wichtiges«, sagte der Inspektor. »Aber *etwas.* Und die geringste Kleinigkeit würde helfen.« Er schwieg. »Die Telefonzelle, in der sie getötet wurde, war in Wilbraham Crescent. Sagt Ihnen das etwas, Miss Webb?«
»Gar nichts . . . nein, ich war heute nicht dort«, sagte sie heftig. »Ich bin nicht mal in die Nähe gekommen. Allmählich glaube ich, daß es eine fürchterliche Gegend sein muß. Ich wünschte, ich wäre nie dahin gegangen, ich wünschte, ich wäre nie darin verwickelt worden. Warum forderte man an dem Tag gerade mich an? Warum mußte Edna dort ermordet werden? Sie *müssen* das herausfinden, Inspektor, Sie müssen, Sie *müssen*!«
»Das werden wir auch, Miss Webb.« In seiner Stimme lag eine leichte Drohung, als er hinzufügte: »Dessen kann ich Sie versichern.«
»Sie zittern ja, meine Liebe«, sagte Professor Purdy. »Sie sollten jetzt wirklich ein Glas Sherry trinken.«

21

Colin Lambs Bericht

Ich erstattete Beck Bericht, sobald ich nach London kam.
Er winkte mir mit seiner Zigarre zu. »Vielleicht steckt doch etwas hinter Ihrer idiotischen Mond-Idee«, räumte er ein . . .
»Vielleicht. Unser Bauingenieur, Mr. Ramsay, von Wilbraham Crescent 62, ist nicht ganz das, was er zu sein scheint. Er hat in letzter Zeit merkwürdige Aufträge angenommen. Echte Firmen, die aber noch nicht sehr lange bestehen; und was man von diesen Firmen erfährt, klingt ziemlich merk-

würdig. Etwa vor fünf Wochen verreiste Ramsay plötzlich mit leichtem Gepäck – nach Rumänien.«
»Seiner Frau hat er aber etwas anderes erzählt.«
»Vermutlich, aber dahin fuhr er und da ist er noch. Wir möchten gern ein bißchen mehr über ihn wissen. Also los, mein Junge. Alle Visa und ein netter Paß liegen schon für Sie bereit. Diesmal reist Nigel Trench. Frischen Sie Ihre Kenntnisse über seltene Pflanzen auf dem Balkan auf. Sie sind ein Botaniker.«
»Besondere Instruktionen?«
»Nein, Ihren Kontaktmann nennen wir Ihnen, wenn Sie die Papiere abholen. Finden Sie alles über Mr. Ramsay heraus, was Sie können.« Er sah mich aufmerksam an. »Sie scheinen nicht so erfreut zu sein, wie ich angenommen hatte.«
»Oh, doch, Sir, es ist immer nett, wenn ein Einfall sich als richtig erweist«, erwiderte ich ausweichend.
»Richtige Straße, falsche Nummer. Nr. 61 wird von einem völlig einwandfreien Baumeister bewohnt. Das heißt, in unserem Sinne einwandfrei. Der arme, alte Hanbury hatte eine falsche Nummer, aber er war dicht am Ziel.«
»Haben Sie die anderen unter die Lupe genommen?«
»McNaughton ist vielleicht interessant, der pensionierte Professor. Mathematiker – offenbar sehr gescheit. Gab seinen Stuhl ganz plötzlich aus Gesundheitsgründen auf. Das *könnte* wahr sein – aber er scheint uns durchaus frisch und munter zu sein. Offensichtlich hat er sich von all seinen alten Freunden losgesagt, und das ist ziemlich seltsam.«
»Es ist nur sehr bedauerlich«, sagte ich, »daß wir dahin kommen, alles, was andere tun, für verdächtig zu halten.«
»Darin liegt was Wahres«, sagte Colonel Beck. »Manchmal verdächtige ich Sie, Colin, daß Sie auf die andere Seite übergewechselt sind. Manchmal verdächtige ich *mich selbst,* erst übergelaufen und dann auf diese Seite zurückgekommen zu sein. Alles ein nettes Durcheinander.«
Mein Flugzeug startete um 22 Uhr. Vorher ging ich noch zu Hercule Poirot.

»Sie sehen niedergeschlagen aus«, sagte er.
»Keineswegs, ich will gerade ins Ausland.«
»Viel Erfolg!«
»Danke. Und wie kommen Sie, Poirot, mit Ihren Schularbeiten voran?«
»Pardon?«
»Wie steht es mit dem Crowdean-Uhren-Mord: Haben Sie sich zurückgelehnt, die Augen geschlossen und die Antworten gefunden?«
»Ich habe Ihre Notizen mit großem Interesse gelesen . . . es war keineswegs nutzlos. Mindestens zwei Personen haben aufschlußreiche Bemerkungen gemacht.«
»Wer? Und was für Bemerkungen?«
Poirot erklärte mir in aufreizender Art, daß ich meine Notizen noch einmal sorgfältig lesen sollte.
»Dann wird es Ihnen ins Auge springen. Jetzt sollten Sie mit weiteren Nachbarn sprechen.«
»Es gibt keine weiteren.«
»Es müssen mehr sein. Jemand muß etwas gesehen haben. Das ist ein Axiom, mein Lieber!«
»Das mag sein, aber nicht in diesem Fall. Übrigens hat es noch einen Mord gegeben.«
»Tatsächlich? So schnell? Das ist interessant. Erzählen Sie!«
Ich tat es, und er quetschte mich so lange aus, bis er auch noch die letzte Einzelheit von mir erfahren hatte. Ich erzählte ihm auch von der Postkarte, die ich Hardcastle gegeben hatte.
»Denk daran – 4.13 Uhr«, wiederholte er. »Ja – genau dasselbe Schema . . . Auf der Postkarte fehlt nur noch eins: ein blutiger Fingerabdruck.«
Ich sah ihn zweifelnd an.
»Was halten Sie wirklich von all dem?«
»Es wird viel klarer – das alte Lied: Der Mörder kann nicht davon lassen.«
»Aber wer ist der Mörder?«
Statt zu antworten, fragte Poirot: »Gestatten Sie, daß ich ein paar Recherchen anstelle, während Sie weg sind?«

»Welche?«
»Morgen werde ich Miss Lemon bitten, einen Brief an einen alten Freund von mir, den Anwalt Mr. Enderby, zu schreiben. Ich werde sie außerdem bitten, die standesamtlichen Unterlagen in Somerset House einzusehen. Sie wird auch einige Telegramme nach Übersee schicken müssen.«
»Ich glaube nicht, daß das fair ist«, wandte ich ein. »Sie setzen sich nicht nur hin und denken nach.«
»Genau das tue ich! Miss Lemon soll nur die Bestätigungen für die Antworten beschaffen, die ich bereits gefunden habe. Ich will keine Auskünfte, sondern Bestätigungen.«
»Das ist nur Bluff! Bisher weiß noch niemand, wer der Tote ist –«
»Ich weiß es – nicht den Namen natürlich, der ist unwichtig. Ich weiß, wenn Sie mir folgen können, nicht *wer* er ist, sondern wer er *ist*.«
»Ein Erpresser? Ein Privatdetektiv?«
Poirot öffnete die Augen und rezitierte mal wieder:
»Dilly, dilly, dilly – komm und laß dich töten – weiter sage ich nichts.«

22

Inspektor Hardcastle sah auf den Kalender auf seinem Schreibtisch: 20. September. Zehn Tage waren nun schon vergangen. Sie hatten nicht so große Fortschritte gemacht, wie er gehofft hatte, vor allem hatten sie den Toten immer noch nicht identifizieren können. Trotz aller Bemühungen blieb er ein »geheimnisvoller Mann«. Dennoch hatte Hardcastle das Gefühl, daß ihn kein Geheimnis umgab. Er war nur ein Mann, den bisher niemand erkannt hatte. Hardcastle seufzte, wenn er an all die Anrufe und Briefe dachte, die eingetroffen waren, nachdem das Foto mit der Unterschrift: KENNEN SIE DEN MANN? veröffentlicht worden war. Eine

erstaunliche Anzahl Menschen glaubten in ihm einen verlorengegangenen Angehörigen zu erkennen. Unzählige Ehefrauen waren sicher gewesen, daß der Tote ihr vermißter Ehemann war. Und viele behaupteten, ihn in Lincolnshire, Newcastle, Devon, London oder sonstwo gesehen zu haben. Hunderten von den aussichtsreicheren Hinweisen war nachgegangen worden – bisher ohne Erfolg.
Heute war der Inspektor allerdings etwas optimistischer. Er sah wieder auf den Brief vor sich. Merlina Rival. Niemand sollte ein Kind Merlina taufen – wahrscheinlich ein angenommener Name. Doch der Brief gefiel ihm; er besagte nur, daß die Schreiberin es für möglich hielt, daß der Unbekannte ihr Ehemann gewesen sei, von dem sie sich vor zehn Jahren getrennt habe. Sie sollte heute morgen kommen. Er rief nach Sergeant Cray und fragte:
»Ist diese Mrs. Rival noch nicht da?«
»Eben gekommen . . . sieht ein bißchen nach Tingeltangel aus – viel, aber schlechtes Make-up. Im ganzen eine ziemlich zuverlässige Frau, würde ich sagen . . . Nein, aufgeregt ist sie nicht.« Cray ging aus dem Zimmer und führte eine Frau herein: »Mrs. Rival, Sir.«
Der Inspektor stand auf und schüttelte ihr die Hand. Anfang Fünfzig, dachte er – von weitem konnte man sie vielleicht auf Dreißig schätzen. Ein ziemlich gutmütiger Typ, dachte er sich nach einem prüfenden Blick. Zuverlässig? Das war die Frage.
»Es freut mich, Sie kennenzulernen, Mrs. Rival, und ich hoffe, daß Sie uns helfen können.«
»Ich bin mir nicht sicher«, sagte Mrs. Rival entschuldigend. »Aber er sah wie Harry aus, sogar sehr. Natürlich weiß ich, daß ich mich getäuscht haben kann. Ich hoffe nur, daß ich Ihre Zeit nicht umsonst in Anspruch nehme . . . Sehen Sie, es ist schon lange her, seit ich ihn zum letzten Mal gesehen habe.«
»Könnten wir ein paar Angaben haben, die uns weiterhelfen? Wann haben Sie Ihren Mann denn zuletzt gesehen?«

»Das habe ich mir die ganze Zeit im Zug schon überlegt. Ich glaube, ich schrieb, vor etwa zehn Jahren; aber es muß länger her sein. Ich glaube, eher fünfzehn Jahre. Die Zeit vergeht ja so schnell. Vermutlich schwindelt man ein bißchen, weil man sich noch jünger fühlt, als man ist. Meinen Sie nicht auch?«

»Das mag sein«, sagte der Inspektor. »Also, Sie meinen, daß Sie ihn vor fünfzehn Jahren zuletzt gesehen haben? Wann haben Sie geheiratet?«

»Etwa drei Jahre vorher. Ich wohnte damals in Shipton Bois in Suffolk ... Mein Mann war Versicherungsvertreter. Zumindest sagte er das.«

Der Inspektor blickte interessiert auf.

»Haben Sie festgestellt, daß es nicht stimmte?«

»Eigentlich nicht ... nicht damals. Später kam ich erst auf den Gedanken, daß es vielleicht nicht stimmen könnte. Für einen Mann ist es sehr einfach, so etwas zu behaupten, nicht? Ich meine, es ist eine gute Entschuldigung dafür, oft abwesend zu sein.«

»War Ihr Mann oft von zu Hause weg, Mrs. Rival?«

»Zuerst habe ich mir nicht viel dabei gedacht.«

»Aber später?«

»Können wir es nicht hinter uns bringen? Schließlich, wenn es *nicht* Harry ist ...«

Er fragte sich, woran sie wohl dachte. Ihre Stimme klang gepreßt, bewegt vielleicht? Er war sich nicht sicher.

»Ich kann verstehen, daß Sie erst Gewißheit haben möchten.« Er stand auf und begleitete sie zu dem wartenden Auto. Er sprach die üblichen beruhigenden Phrasen; es würde nur ein oder zwei Minuten dauern.

Die Bahre war herausgerollt worden, der Wächter hob das Laken. Ein paar Augenblicke sah sie hinunter, ihr Atem ging schneller. Sie gab einen schwachen, keuchenden Laut von sich, dann wandte sie sich abrupt weg.

»Es ist Harry. Ja. Viel älter. Er sieht anders aus. Aber es ist Harry.«

Der Inspektor nickte dem Wächter zu, legte dann seinen Arm um sie und brachte sie wieder zum Wagen. Sie fuhren zum Revier zurück. Als sie in sein Büro kamen, stand eine Kanne Tee und zwei Tassen auf dem Schreibtisch.
»Hier, Mrs. Rival. Trinken Sie eine Tasse, das wird Ihnen guttun.«
Schnell trank sie eine Tasse Tee mit viel Zucker. »Jetzt geht es mir schon wieder besser«, sagte sie. »Nicht, daß es mir wirklich naheginge. Nur – nur, nun, ganz unberührt bleibt man nicht, nicht wahr?«
»Sie meinen, daß dieser Mann mit Sicherheit Ihr Ehemann gewesen ist?«
»Ja. Natürlich ist er viel älter geworden, aber eigentlich hat er sich gar nicht so sehr verändert. Er sah immer gut aus – sehr adrett. Nett, wissen Sie, gute Klasse.«
Ja, dachte Hardcastle, das war eine recht gute Beschreibung. Gute Klasse. Vermutlich hatte Harry viel besser ausgesehen, als er seinem Charakter nach gewesen war.
Mrs. Rival sagte: »Er war immer sehr eigen mit seiner Kleidung gewesen. Deshalb, glaube ich – fielen sie so leicht auf ihn herein. Sie haben nie etwas geargwöhnt.«
»Wer fiel auf ihn herein, Mrs. Rival?« fragte Hardcastle mit sanfter, teilnehmender Stimme.
»Frauen«, antwortete Mrs. Rival. »Frauen. Dort war er die meiste Zeit.«
»Und Sie erfuhren davon?«
»Nun, ich – ich wurde mißtrauisch. Er war so oft weg. Ich glaubte, daß da von Zeit zu Zeit ein Mädchen dahintersteckte. Es hat wenig Sinn, Männer danach zu fragen. Dann lügen sie nur. Aber ich habe nicht gedacht – ich hatte wirklich nicht gedacht, daß er daraus ein *Geschäft* machen würde.«
»Tat er das?«
Sie nickte. »Ich denke, er hat es getan. Eines Tages kam er von einer Reise zurück – aus Newcastle, *sagte* er. Jedenfalls kam er zurück und erklärte, er müsse sich schnell aus dem Staube machen. Er hätte irgendeine Frau in Schwierigkeiten

gebracht. Eine Lehrerin, sagte er, und es könnte einen Skandal geben. Da wollte ich endlich die Wahrheit wissen. Es machte ihm nichts aus, mir zu antworten. Wahrscheinlich dachte er, ich wüßte mehr, als es der Fall war. – Sie fielen auf ihn leicht genug herein, genauso wie ich. Er schenkte ihnen einen Ring und verlobte sich mit ihnen – und dann sagte er, er wolle ihr Geld anlegen. Das war also sein Geschäft. Meistens gaben sie ihm ihre Ersparnisse. Bei mir hatte er es auch versucht, aber ich gab ihm kein Geld. Ich vertraue nicht so schnell irgend jemandem. Ich hatte meine Erfahrungen, wie man das so nennt, mit Männern und den weniger schönen Seiten des Lebens. Das Geld, das ich hatte, konnte ich auch selbst investieren.«

»Wann wollte er Ihr Geld anlegen? Vor oder nach der Heirat?«

»Ich glaube, zum ersten Mal vorher, aber ich reagierte nicht darauf, und er ließ die Sache sofort fallen. Dann, nachdem wir geheiratet hatten, erzählte er mir was von einer wunderbaren Gelegenheit. Ich sagte: ›Kommt nicht in Frage.‹ Es war nicht nur, weil ich ihm nicht traute, sondern weil ich oft Männer behaupten gehört hatte, da böte sich eine großartige Chance, und dann stellte es sich heraus, daß sie selbst hereingelegt worden waren.«

»Hatte Ihr Mann jemals mit der Polizei zu tun?«

»Keine Sorge«, antwortete Mrs. Rival. »Frauen möchten nicht, daß die Nachbarn erfahren, sie seien getäuscht worden. In diesem Fall, allerdings, konnte es auch mal anders sein. Dieses Mädchen oder diese Frau war gebildet. Sie würde sich nicht so leicht täuschen lassen wie die anderen.«

»Sie erwartete ein Kind?«

»Ja.«

»War das in anderen Fällen auch schon vorgekommen?«

»Ich glaube schon.« Dann fügte sie hinzu: »Ich weiß ganz ehrlich nicht, was die Ursache war. Ob es *nur* das Geld war – eine Art, sich den Lebensunterhalt zu verdienen –, oder ob er ein Mann war, der einfach viele Frauen haben *mußte* und

nicht einsah, wieso sie nicht die Unkosten für seinen Spaß tragen sollten.«
»Sie hatten ihn gern, Mrs. Rival?« fragte Hardcastle mitfühlend.
»Ich weiß nicht. Vermutlich schon, sonst hätte ich ihn nicht geheiratet . . .«
»Sie waren – verzeihen Sie – Sie waren wirklich mit ihm verheiratet?«
»Nicht einmal das weiß ich mit Sicherheit«, gestand Mrs. Rival freimütig. »Wir wurden getraut. Sogar in einer Kirche, aber ich weiß nicht, ob er auch andere Frauen unter anderem Namen geheiratet hat. Als ich ihn heiratete, nannte er sich Castleton. Ich glaube nicht, daß es sein richtiger Name war.«
»Harry Castleton? Und wie lange wohnten Sie in Shipton Bois als Mann und Frau?«
»Dort ungefähr zwei Jahre. Vorher hatten wir in der Nähe von Doncaster gewohnt. – Ich glaube nicht, daß ich wirklich überrascht war, als er mir damals alles beichtete. Ich glaube, ich hatte schon längere Zeit vermutet, daß etwas nicht stimmte. Man konnte es nur schlecht glauben, weil er eben immer einen so ehrbaren Eindruck machte. So ganz Gentleman! Ja, dann sagte er, er müsse schnell weg, und ich sagte, von mir aus, und gab ihm zehn Pfund. Das war alles, was ich im Hause hatte. Seitdem habe ich nichts mehr von ihm gehört oder gesehen. Bis heute. Oder vielmehr, bis ich sein Bild in der Zeitung sah.«
»Er hatte keine besonderen Kennzeichen? Narben? Eine Operation – Bruch oder so?«
Sie schüttelte den Kopf.
»Ich glaube nicht . . . Curry? Den Namen hat er meines Wissen nie benutzt. Ich würde das natürlich nicht bezeugen können.«
Hardcastle schob ihr die Karte über den Tisch zu. »Diese Visitenkarte war in seiner Tasche«, sagte er.
»Behauptete also immer noch, Versicherungsvertreter zu

sein, wie ich sehe ... Ich vermute, er benutzt – benutzte, meine ich – die verschiedensten Namen.«
»Sie sagten, daß Sie in den letzten fünfzehn Jahren nichts mehr von ihm gehört hätten?«
»Er hat mir keine Weihnachtskarten geschickt, wenn Sie das meinen«, sagte Mrs. Rival mit einem plötzlichen Anflug von Humor. »Er hätte wohl auch nicht gewußt, wo ich wohnte. Ich bin, nachdem wir uns getrennt hatten, wieder zur Bühne zurückgegangen. Meistens auf Tournee – in der Provinz. War nichts Besonderes. Ich gab den Namen Castleton auf und nannte mich wieder Merlina Rival ... ein Künstlername. Mein richtiger Name ist Flossie Gapp. Wahrscheinlich wurde ich Florence getauft, aber jeder nennt mich jetzt Flossie oder Flo – Flossie Gapp ... Ich nehme zur Zeit Gelegenheitsbeschäftigungen an ... Nein, von Harry Castleton habe ich nie wieder gehört. Ich dachte, er wäre vielleicht ins Ausland gegangen – oder er wäre tot.«
»Eine Frage habe ich noch, Mrs. Rival: Können Sie sich denken, wieso Harry Castleton in diese Gegend gekommen sein könnte?« fragte Hardcastle.
»Ich habe keine Ahnung. Ich weiß ja nicht, was er in all den Jahren getrieben hat.«
»Wäre es denkbar, daß er als Versicherungsschwindler aufgetreten ist – etwa in dieser Richtung?«
»Das kann ich einfach nicht sagen. Aber ich halte es nicht für sehr wahrscheinlich. Damit will ich sagen, daß Harry immer sehr vorsichtig war, was ihn selbst anbelangte. Er wagte sich nie so weit vor, daß er irgendwo mit der Polizei Schwierigkeiten bekommen hätte. Ich würde eher denken, daß es irgend etwas mit Frauen zu tun hatte.«
»Glauben Sie, daß es eine Erpressung gewesen sein könnte?«
»Ich weiß nicht ... vielleicht ja. Vielleicht wollte eine Frau nicht, daß irgend etwas aus ihrer Vergangenheit bekannt wurde. Dabei konnte er sich ziemlich sicher fühlen. Ich sage nicht, daß es so ist, aber es könnte sein. Viel Geld würde er wohl nicht gefordert haben. Ich glaube nicht, daß er jeman-

den zur Verzweiflung getrieben hätte, aber in bescheidenen Grenzen war es ihm wohl zuzutrauen.« Sie nickte bestätigend. »Ja.«
»Die Frauen hatten ihn gern, ja?«
»Ja. Hauptsächlich wohl, weil er so vertrauenswürdig wirkte. Sie erhofften sich ein nettes, gesichertes Leben mit ihm. Anders kann ich es nicht ausdrücken. So, wie es mir auch vorgeschwebt hatte.«
Auf Hardcastles Wink hin wurden jetzt die mit einem Tuch bedeckten Uhren auf einem Tablett hereingebracht. Er zog das Tuch weg. Mrs. Rival sah die Uhren mit unverhohlenem Interesse und mit Bewunderung an. »Hübsch, nicht? Diese gefällt mir.« Sie griff nach der vergoldeten Uhr.
»Sie haben sie früher nicht schon mal gesehen? Sie bedeuten Ihnen nichts?«
»Das könnte ich nicht behaupten. Sollten sie?«
»Können Sie sich an irgendeine Verbindung zwischen Ihrem Mann und dem Namen Rosemary erinnern?«
»Rosemary? Lassen Sie mich überlegen. Da war dieser Rotschopf – nein, die hieß Rosalie. Nein, ich glaube nicht. Aber ich würde wohl kaum etwas darüber wissen, nicht wahr? Harry hat sich über seine Affären nie geäußert.«
»Wenn Sie eine Uhr sähen, die 4.13 Uhr anzeigte . . .« Hardcastle brach ab.
». . . dann würde ich denken, daß bald Teezeit ist.«
Hardcastle seufzte. »Gut, Mrs. Rival. Wir sind Ihnen sehr dankbar. Die vertagte gerichtliche Untersuchung findet übermorgen statt, wie ich Ihnen schon sagte. Es macht Ihnen doch nichts aus, zur Person des Toten auszusagen . . . Auf die andern Dinge braucht im Augenblick nicht eingegangen zu werden. Sie müssen nur beschwören, daß der Mann Harry Castleton ist und daß Sie mit ihm verheiratet waren. Das genaue Datum werden wir im Heiratsregister im Somerset House finden. Wo haben Sie geheiratet? Erinnern Sie sich noch daran?«
»In Donbrook – St. Michael hieß die Kirche wohl. Ich hoffe,

es liegt nicht länger als zwanzig Jahre zurück. Sonst müßte ich wirklich glauben, ich stände schon mit einem Fuß im Grabe.«
Sie stand auf und verabschiedete sich.
»Zufrieden?« fragte Sergeant Cray.
»Scheint so«, antwortete der Inspektor. »Der Name ist Harry Castleton – vermutlich ein falscher Name. Wir müssen sehen, was wir über ihn herausfinden können. Es scheint, daß mehr als eine Frau Grund hatte, sich an ihm zu rächen.«
Wieder dachte er an die Uhr, auf der Rosemary stand.

23

Colin Lambs Bericht
»Sie sind also doch zurückgekommen«, sagte Hercule Poirot.
Diesmal trank er gerade Schokolade. Poirot hatte wirklich einen fürchterlichen Geschmack, was Getränke anbelangte. Ausnahmsweise forderte er mich nicht auf mitzuhalten.
»Sie hatten also Erfolg, ja?«
»Ich weiß nicht«, antwortete ich langsam. »Ich habe herausgefunden, was ich sollte, aber den Mann selbst habe ich nicht gefunden. Ich weiß nicht, was man von mir erwartete: nur Informationen oder auch eine Leiche.«
»Da wir gerade von Leichen sprechen: Ich habe den Bericht über die vertagte Untersuchung in Crowdean gelesen. Vorsätzlicher Mord durch eine oder mehrere unbekannte Personen. Und Ihre Leiche hat endlich auch einen Namen – von der Gemahlin als Harry Castleton identifiziert. Waren Sie in Crowdean?«
»Noch nicht. Ich wollte morgen hinfahren – nicht zum Vergnügen. Dienstlich.« Einen Augenblick schwieg ich und sagte dann: »Ich weiß nicht, was passiert ist, während ich im Ausland war. Nur die Tatsache der Identifizierung habe ich erfahren. Was halten Sie davon?«

Poirot zuckte mit den Achseln.
»Mrs. Merlina Rival! Was für ein Name!« sagte ich.
»Es erinnert mich an etwas ... aber woran nur? Ein Besuch bei einem Freund – in einem Landhaus«, überlegte Poirot, schüttelte dann aber den Kopf. »Nein – es ist schon zu lange her.«
»Wenn ich wieder nach London komme, werde ich Ihnen alles erzählen, was ich von Hardcastle über Mrs. Merlina Rival erfahren kann«, versprach ich ihm.
Poirot winkte mit der Hand ab. »Nicht nötig. An ihr bin ich nicht interessiert. Man muß sich auf das Wesentliche beschränken. Erzählen Sie mir lieber von dem Mädchen Edna – das in der Telefonzelle in Wilbraham Crescent starb.«
»Ich kann Ihnen nicht mehr sagen, als ich Ihnen schon berichtet habe – ich weiß nichts von dem Mädchen.«
»Alles, was Sie wissen«, sagte Poirot in anklagendem Ton, »ist also, daß das Mädchen ein armes, kleines Aschenputtel war, das Sie in einem Schreibbüro sahen, nachdem es in einem Gitterrost sich den Absatz seines Schuhs abgebrochen hatte – wo war dieser Gitterrost übrigens?«
»Aber Poirot, woher soll ich denn das wissen?«
»Wenn Sie gefragt hätten, würden Sie es wissen. Wie wollen Sie überhaupt etwas erfahren, wenn Sie nicht die richtigen Fragen stellen?«
»Aber wie kann es denn eine Rolle spielen, wo das Mädchen sich den Absatz abbrach?«
»Vielleicht spielt es keine Rolle. Andererseits würde es uns zu einem bestimmten Ort bringen, wo dieses Mädchen gewesen ist, und das wiederum könnte uns zu einer Person führen, die es dort gesehen hat – oder zu irgendeinem Zwischenfall, der sich dort abspielte.«
»Das ist wohl etwas weit hergeholt. Ich weiß nur, daß es dicht beim Büro passiert sein muß, denn Edna sagte, sie hätte sich Hörnchen gekauft und wäre auf Strümpfen zurückgelaufen, um die Hörnchen im Büro zu essen. Sie schloß damit, daß sie nicht wisse, wie sie so nach Hause kommen solle.«

»Ah! und wie kam das Mädchen dann nach Hause?« fragte Poirot interessiert.

Ich starrte ihn an. »Ich habe keine Ahnung.«

»Ah – das ist doch wirklich unmöglich, daß Sie nie die richtigen Fragen stellen können! Infolgedessen wissen Sie nichts, was wichtig ist.«

»Sie fahren am besten selbst nach Crowdean und stellen Fragen«, stichelte ich.

»Im Augenblick ist das unmöglich. Nächste Woche ist eine höchst interessante Versteigerung von Autoren-Manuskripten . . .«

Unter dem Vorwand einer dringenden Verabredung entfloh ich, ehe er richtig in Fahrt kam. Ich war nicht in der Stimmung, mir eine Vorlesung über die Meister des Kriminalromans der Vergangenheit anzuhören.

Am nächsten Abend saß ich auf der Treppe vor Hardcastles Wohnungstür, als er nach Hause kam.

»Hallo, Colin! Du bist also wieder da. Komm herein.«

Er ging ins Wohnzimmer voran und sorgte für Getränke. Als wir uns mit unseren Gläsern niedergelassen hatten, meinte Hardcastle:

»Endlich sind die Dinge in Bewegung geraten. Wir haben den Toten identifiziert! – Wer Harry Castleton war? Ein scheinbar höchst ehrbarer Mann, der sich sein Geld damit verdiente, daß er Scheinehen schloß oder sich auch nur mit gutgläubigen, wohlhabenden Frauen verlobte. Sie vertrauten ihm ihre Ersparnisse an, beeindruckt von seinen überlegenen finanziellen Kenntnissen, und kurz danach verschwand er still auf Nimmerwiedersehen. Daß er nicht danach aussah, war die wesentliche Voraussetzung, die er für diesen Beruf mitbrachte.«

»Ist er jemals verurteilt worden?«

»Nein. Wir haben nachgeforscht, aber nicht viel herausbekommen. Im Yard meinen sie zwar, daß Harry Castleton, Raymond Blair, Lawrence Dalton und Roger Byron alle identisch seien, aber sie konnten das nicht beweisen. Weißt du, die Frauen wollen es nicht zugeben. Lieber verlieren sie ihr Geld. Er wollte sich nie fotografieren lassen. All das liegt schon lange zurück – fünfzehn bis zwanzig Jahre. Um die Zeit schien er wirklich untergetaucht zu sein. Das Gerücht ging um, daß er tot sei – manche sagten allerdings, daß er ins Ausland gegangen sei . . .«

»Jedenfalls hörte man nichts mehr von ihm, bis er tot auf Miss Pebmarshs Wohnzimmerteppich lag?« fragte ich.

»Genau.«

»Damit eröffnen sich Möglichkeiten. Vielleicht eine verschmähte Frau, die es ihm nie vergaß? Und wenn eine solche Frau noch obendrein blind wird . . .«

»Das ist nur Mutmaßung. Bis jetzt haben wir nichts, um das zu untermauern.«

»Wie benahm sich denn die Ehefrau, Mrs . . . Merlina Rival? Was für ein Name! Es kann nicht ihr eigener sein.«

»Eigentlich heißt sie Flossie Gapp. Der andere ist ihr Künstlername. Paßt besser zu ihrer Lebensweise . . . nein, sie ist keine berufsmäßige Nutte.«

»Das, was man taktvollerweise eine Dame zu nennen pflegte, die es mit der Tugend nicht so genau nimmt?«

»Ich würde sagen, daß sie eine gutmütige Frau ist und bereit, ihren Freunden gefällig zu sein. Nannte sich ehemalige Schauspielerin. Arbeitet gelegentlich . . . die Aussage klang überzeugend. Sie identifizierte den Mann ohne Zaudern.«

»Das war ein Glück.«

»Ja, ich fing an zu verzweifeln. Die vielen Frauen, die ich hier hatte! Allerdings glaube ich, daß Mrs. Rival etwas mehr von ihrem Mann wußte, als sie zugab.«

»Kam sie schon mal mit dem Strafgesetz in Konflikt?«

»Nichts bekannt. Ich könnte mir denken, daß sie einige obskure Freunde hatte – vielleicht noch hat. Nichts Ernsthaftes – nur Zechpreller und so. Die Uhren bedeuteten ihr nichts. Ich glaube, sie sagte die Wahrheit. Wir haben festgestellt, wo die Uhren herstammen – Portobello Markt, das heißt, die

vergoldete Uhr und die Dresdner Porzellanuhr. Aber das hilft kaum weiter! Du weißt, wie es an Sonnabenden dort auf dem Markt zugeht – voller amerikanischer Touristen! Der Verkäufer meint, eine Amerikanerin kaufte sie. Seine Frau sagt, es war ein Mann. Wie er aussah, weiß sie nicht. Die silberne Uhr stammt von einem Silberschmied in Bournemouth. Eine hochgewachsene Dame wollte ein Geschenk für ihre Tochter! Man erinnert sich nur, daß sie einen grünen Hut trug.«
»Und die vierte Uhr? Die verschwundene?«
»Kein Kommentar«, sagte Hardcastle, und ich wußte, was das heißen sollte.

24

Colin Lambs Bericht
Ich wohnte in einem düsteren Hotel in der Nähe des Bahnhofs. Um zehn Uhr rief ich das Cavendish-Schreibbüro an und bat um eine Stenotypistin. Mein Name sei Douglas Weatherby und ich wohnte im Clarendon Hotel. War Miss Sheila Webb frei? Sie wäre mir von einem Freund empfohlen worden. Ich hatte Glück. Sheila kam sofort. Ich wartete vor der Drehtür und trat auf sie zu: »Mr. Douglas Weatherby zu Diensten«, sagte ich.
»Hast *du* angerufen? Das kannst du doch nicht machen!«
»Warum nicht? Ich bezahle ja schließlich. Was geht es dein Büro an, wenn wir deine wertvolle und kostspielige Zeit im Buttercup Café verbringen, statt langweilige Briefe zu schreiben? Komm!«
Wir hatten das Café praktisch für uns allein.
»Ist alles in Ordnung, Sheila?« Sie hatte dunkle Ränder unter den Augen. »Hast du schlimme Tage hinter dir?«
»Ja – nein – ich weiß nicht. Ich dachte, du wärst weggefahren?«

»Ich war verreist. Ich bin wieder zurückgekommen – du weißt, weswegen.«
Sie senkte die Augen. Nach einer Minute, und das ist eine lange Zeit, sagte sie:
»Ich habe Angst vor ihm ... vor deinem Freund, dem Inspektor. Er denkt ... er denkt, daß ich den Mann tötete, und Edna auch.«
»Oh, das ist nur seine Art«, beruhigte ich sie. »Er tut immer so, als ob er jeden verdächtigen würde.«
»Nein, Colin, das ist es nicht. Er hat von Anfang an gedacht, daß ich irgend etwas damit zu tun hätte ... Er meint, ich wäre absichtlich dort gewesen. Er denkt, meine Geschichte sei erfunden. Er meint, daß Edna glaubte, am Telefon meine Stimme erkannt zu haben, die sich als Miss Pebmarsh ausgab.«
»*War* es deine Stimme?«
»Natürlich nicht. Ich habe damals nicht angerufen, und ich habe dir das bereits gesagt.«
»Schau, Sheila«, sagte ich, »ganz gleich, was du anderen Leuten sagst, *mir* mußt du die Wahrheit bekennen.«
»Du glaubst mir also kein Wort!«
»Doch. Du hättest aus einem ganz harmlosen Grund diesen Anruf vortäuschen können. Jemand hätte dich darum gebeten haben können – ein Jux, verstehst du? Dann bekamst du es mit der Angst zu tun, und nachdem du einmal deswegen gelogen hattest, mußtest du weiter lügen. War es so?«
»Nein, nein, *nein*! Wie oft soll ich es dir noch sagen?«
»Schon gut, Sheila, aber *etwas* gibt es, das du mir nicht erzählt hast. Ich möchte, daß du mir vertraust. Wenn Hardcastle etwas weiß, was gegen dich spricht, etwas, das er mir nicht erzählt hat –«
»Erwartest du denn, daß er dir alles erzählt?«
»Nun, ich wüßte nicht, warum er es nicht tun sollte. Wir gehören ungefähr zur selben Branche.«
»Ich wußte gar nicht, daß du etwas mit der Polizei zu tun hast«, sagte Sheila und rührte langsam in ihrer Kaffeetasse.

»Es ist nicht direkt die Polizei. Aber in gewisser Hinsicht ein Zweig davon. Ich wollte nur sagen, daß es einen besonderen Grund dafür gibt, wenn Dick mir *nicht* alles erzählt, was er über dich weiß. Weil er meint, daß ich an dir interessiert bin. Und das bin ich – und noch mehr: Ich halte zu dir, Sheila, was immer du auch getan haben magst ... Du warst zu Tode erschrocken, als du aus dem Haus stürztest – war es nur wegen der Leiche? Oder war es noch etwas anderes?«
»Weswegen denn sonst?«
Ich nahm meinen ganzen Mut zusammen: »Warum hast du die Uhr genommen, auf der Rosemary stand?«
»Was sagst du? Weshalb sollte ich ... ich habe sie nicht angerührt!«
»Du gingst in das Zimmer zurück, weil du angeblich deine Handschuhe vergessen hattest. Du trugst an dem Tag gar keine Handschuhe – ich habe dich nie mit Handschuhen gesehen. Also, du gingst in das Zimmer und nahmst die Uhr. Lüg mich nicht an. So war es doch, nicht?«
»Gut«, sagte sie nach einer Pause fast flüsternd. »Gut. Ich habe die Uhr genommen, sie in meine Tasche gesteckt und bin dann wieder hinausgegangen ... weil Rosemary darauf stand. So heiße ich: Rosemary Sheila.«
»Und es war nur die Tatsache, daß dein Name auf einer der Uhren stand?«
Aus meinem Ton hörte sie, daß ich ihr nicht glaubte, aber sie blieb dabei. Ich sah sie an. Sheila war *mein* Mädchen, sollte es für immer sein. Aber ich machte mir keine Illusionen über sie. Sheila war eine Lügnerin und würde es wahrscheinlich immer sein. Es war ihre Art, ums Überleben zu kämpfen. Es war eine kindliche Waffe, und sie hatte vermutlich nie aufgehört, sie zu benutzen. Wenn ich Sheila wollte, mußte ich sie nehmen, wie sie war – und da sein, um ihre Schwächen auszugleichen. Wir alle haben unsere schwachen Seiten. Ich entschloß mich zum Angriff als der einzigen Möglichkeit: »Die Uhr gehörte dir, nicht wahr?«
Sie rang nach Luft: »Woher weißt du das?« Und dann platzte

sie mit der ganzen Geschichte heraus. Sie hatte die Uhr fast ihr ganzes Leben lang besessen. Bis zu ihrem sechsten Lebensjahr war sie immer Rosemary genannt worden – aber sie haßte den Namen und bestand darauf, Sheila gerufen zu werden. Kürzlich war die Uhr nicht mehr richtig gegangen. Sie hatte sie zum Uhrmacher in der Nähe des Büros bringen wollen, hatte sie dann aber irgendwo liegengelassen – vielleicht im Bus oder in der Milchbar, etwa eine Woche vor dem ersten Mord. Sie war nicht allzu traurig darüber gewesen, weil die Uhr schon alt war und immer falsch ging. Es war besser, eine neue zu kaufen.

»Erst habe ich sie gar nicht bemerkt«, fuhr sie fort, »noch nicht, als ich ins Zimmer kam. Dann – dann fand ich den Toten. Ich war wie gelähmt. Ich richtete mich auf, nachdem ich ihn berührt hatte, und wie ich so vor mich hinsehe, steht meine Uhr vor mir auf dem Tisch beim Kamin – *meine* Uhr –, und ich hatte Blut an der Hand. Und dann kam sie, und ich vergaß alles andere, weil sie fast auf ihn getreten wäre. Und ich wollte nichts als raus ... Später fing ich dann an zu überlegen. Sie sagte, *sie* hätte mich nicht angerufen – wer dann? – wer schickte mich dorthin und stellte *meine* Uhr auf den Tisch? Ich – ich redete von liegengelassenen Handschuhen – und stopfte sie in meine Tasche. Es war wohl sehr – töricht vom mir.«

»Du hättest nichts Dümmeres tun können«, erklärte ich ihr. »In mancher Beziehung hast du überhaupt keinen Verstand.«

»Aber jemand will mich in die Sache hineinziehen! Diese Postkarte. Die muß jemand geschickt haben, der wußte, daß ich die Uhr eingesteckt habe! Und die Postkarte selbst – Old Bailey! Wenn mein Vater ein Verbrecher war –«

»Was weißt du von deinem Vater und deiner Mutter?«

»Sie kamen bei einem Unfall ums Leben, als ich noch ein Baby war. Das hat mir meine Tante gesagt. Aber sie spricht nie von ihnen, erzählt mir nie etwas über sie. Manchmal, wenn ich sie hie und da gefragt habe, hat sie etwas erzählt, was nicht mit dem übereinstimmte, was sie früher berichtet

hatte. Deshalb habe ich immer gewußt, daß etwas faul ist. Deshalb glaube ich, mein Vater ist vielleicht ein Verbrecher gewesen – oder sogar meine Mutter. Man behauptet doch nicht, daß die Eltern tot sind – vergessen und ausgelöscht, wenn ... wenn es da nicht ein furchtbares Geheimnis gibt.«
»Vermutlich ist alles ganz einfach. Vielleicht warst du lediglich ein uneheliches Kind.«
»Daran habe ich auch schon gedacht. Aber der springende Punkt ist, daß ich es nicht *weiß*. Daß ich nicht weiß, was *hinter* allem steckt. Weshalb wurde ich Rosemary genannt? Ein ungewöhnlicher Name. Heißt das nicht soviel wie Erinnerung?«
»Das wäre eine nette Auslegung«, meinte ich.
»Ja, es könnte sein ... Aber ich hab nicht das Gefühl. Jedenfalls habe ich darüber nachgedacht, seitdem der Inspektor mich damals fragte. Mich an den Ort zu locken, wo der Tote lag? Oder war es der tote Mann, der mich dort treffen wollte? Und statt dessen kam jemand und tötete ihn? Ich bin völlig durcheinander, ich habe Angst. Alles scheint auf mich hindeuten zu sollen. Mich dorhtin zu locken, damit ich einen toten Mann finde, und mein Name, Rosemary, auf meiner eigenen Uhr, die dort nicht hingehörte. Deshalb geriet ich in Panik, und ich tat etwas Törichtes, wie du sagst.«
Ich schüttelte den Kopf: »Du hast zuviel Detektivgeschichten gelesen oder abgetippt«, sagte ich vorwurfsvoll. »Was ist mit Edna? Hast du keine Ahnung, weshalb sie zu dir nach Hause kam, wenn du sie doch jeden Tag im Büro sprechen konntest?«
»Ich habe nicht die geringste Ahnung. Sie hat bestimmt nicht angenommen, daß *ich* etwas mit dem Mord zu tun hatte, nein.«
»Hast du irgendwelche Feinde? Enttäuschte junge Männer, eifersüchtige Mädchen ...?«
»Natürlich nicht.«
Ich begriff diese Geschichte mit der Uhr immer noch nicht. Eine phantastische Sache: 4.13 Uhr – was bedeutet diese

Uhrzeit? Warum der Satz »Denk daran« auf einer Postkarte, wenn der Empfänger nichts damit anfangen kann? Ich seufzte, bezahlte die Rechnung und stand auf.
»Was hast du übrigens mit der Uhr gemacht? In deinem Strumpfkasten versteckt?«
Eine Sekunde zögerte sie, ehe sie sagte: »Ich hab sie in die Mülltonne vom Nachbarhaus geworfen.«
Ich war beeindruckt. Das war einfach und sehr vernünftig. Vielleicht hatte ich Sheila unterschätzt.

25

Colin Lambs Bericht

Als Sheila fort war, ging ich zum Hotel zurück, packte meinen Koffer und ließ ihn beim Portier. Es war eines von den Hotels, die genau darauf achten, daß man bis Mittag das Zimmer geräumt hat.
Erst ging ich zum Polizeirevier und traf Hardcastle stirnrunzelnd auf einen Brief blickend an.
»Ich fahre heute abend wieder nach London«, sagte ich.
Er sah mich nachdenklich an.
»Wirst du einen Rat von mir annehmen?«
»Nein«, sagte ich prompt.
Er überhörte es, wie jeder, der gern gute Ratschläge gratis verteilt: »Ich würde fortfahren – und fortbleiben. Es ist das Beste, was du tun kannst.«
»Das kannst du nicht beurteilen. Aber ich sage dir etwas, Dick. Wenn ich meinen derzeitigen Auftrag erledigt habe, kündige ich. Zumindest – beabsichtige ich zu kündigen ... Ich bin wie ein altmodischer Pfarrer. Ich habe *Zweifel.*«
»Laß dir Zeit.«
Ich wußte nicht, was er damit meinte, und fragte, weshalb er so kummervoll dreinblicke.
»Lies«, damit schob er mir den Brief zu.

Dear Sir!
Mir ist gerade etwas eingefallen. Sie fragten mich, ob mein Mann irgendwelche besonderen Kennzeichen gehabt hätte, und ich verneinte es. Ich habe mich aber geirrt. Tatsächlich hatte er eine Narbe hinter dem linken Ohr. Er schnitt sich mit der Rasierklinge, als ihn der Hund ansprang, und die Wunde mußte genäht werden. Es war eine so unbedeutende Sache, daß ich neulich nicht daran dachte.

Ihre
Merlina Rival

»Sie hat eine schwungvolle Handschrift. – Hat der Tote eine Narbe?«
»Ja, und genau da, wo sie sagt.«
»Hat sie sie vielleicht gesehen, als ihr der Tote gezeigt wurde?«
Hardcastle schüttelte den Kopf. »Sie ist vom Ohr verdeckt. Man muß das Ohr nach vorn biegen, nur dann kann man sie sehen.« Dennoch meinte Hardcastle düster, daß der Teufel in diesem Fall stecke. Er fragte, ob ich meinen französischen oder belgischen Freund in London aufsuchen würde.
»Weshalb?«
»Ich erwähnte ihn dem Polizeichef gegenüber, und er erinnert sich noch gut an ihn. Es handelte sich damals um diesen Mord an der Pfadfinderin. Ich soll ihn sehr herzlich empfangen, falls er hierherkommen sollte.«
»Der kommt bestimmt nicht«, sagte ich. »Der verläßt sein Schneckenhaus nie.«

Mrs. Ramsay öffnete, als ich an der Tür von Wilbraham Crescent Nr. 62 klingelte.
»Sie kamen doch zusammen mit dem Inspektor?«
»Ja, das stimmt, Mrs. Ramsay. Darf ich eintreten?«
»Wenn Sie es wünschen – die Polizei schätzt es nicht, wenn man ihr den Zutritt verwehrt.«

Sie führte mich ins Wohnzimmer. In ihrer Stimme hatte eine gewisse Schärfe gelegen, doch jetzt verriet sie eine Teilnahmslosigkeit, die ich früher nicht an ihr bemerkt hatte.
»Sie wollen vermutlich noch Fragen wegen des letzten Mordes stellen? Das Mädchen betreffend, das in der Telefonzelle ermordet wurde?«
»Nein, das nicht. Eigentlich habe ich nichts mit der Polizei zu tun, wissen Sie.«
Sie sah überrascht aus. »Ich dachte, Sie wären Sergeant Lamb?«
»Mein Name ist Lamb, aber ich arbeite in einer anderen Abteilung.«
Mrs. Ramsays Verhalten zeigte keine Teilnahmslosigkeit mehr. »Oh! Worum geht es?«
»Ist Ihr Mann noch im Ausland? Ja? Er ist schon ziemlich lange fort, nicht? Und ziemlich weit weggefahren, Mrs. Ramsay, nicht wahr?«
»Was wissen denn Sie davon?«
»Nun, er befindet sich augenblicklich hinter dem Eisernen Vorhang.«
Zunächst schwieg sie, dann sagte sie mit ruhiger, tonloser Stimme: »Ja. Ja, das stimmt . . . Er wollte, daß ich nachkäme. Vermutlich hat er schon länger den Gedanken gehabt. Er hat mir aber erst kürzlich davon erzählt.«
»Sie stimmen mit seinen Ansichten nicht überein?«
»Früher vielleicht. Sie werden aber schon festgestellt haben, daß ich Ihnen keine wertvollen Informationen geben kann. Er hat mir nämlich nie genau Bescheid gesagt. Ich wollte es auch nicht wissen. Ich hatte es satt. Als Michael mir sagte, daß er für immer nach Moskau ginge, überraschte es mich kaum. Ich mußte mich entscheiden, was *ich* tun wollte . . . Ich bin keine Fanatikerin. Ich war immer nur etwas links eingestellt.«
»War Ihr Mann in den Larkin-Fall verwickelt?«
»Ich weiß nicht. Könnte sein. Er hat nie darüber gesprochen . . . Ich will ganz offen sein. Ich liebte meinen Mann –

vielleicht genügend, um mit ihm nach Moskau zu gehen, gleichgültig, ob ich seiner politischen Überzeugung war oder nicht. Aber ich sollte die Jungen mitbringen. Und das wollte ich nicht. Und ich beschloß, bei ihnen zu bleiben. Ich will, daß die Jungen in ihrem eigenen Lande aufwachsen – als gewöhnliche englische Kinder ... Und das ist alles«, sagte Mrs. Ramsay und stand auf. »Ich muß mich jetzt entscheiden, ob ich hierbleibe oder fortziehe. Ich muß mir eine Stellung suchen. Ich war früher Sekretärin.«

»Gehen Sie aber nicht ins Cavendish-Schreibbüro«, sagte ich. »Den Mädchen, die dort arbeiten, scheinen merkwürdige Dinge zu passieren.«

»Wenn Sie meinen, daß ich davon etwas weiß, irren Sie sich.«

Ich wünschte ihr alles Gute und ging. Ich hatte überhaupt nichts von ihr erfahren, hatte es eigentlich auch nicht erwartet.

Beim Hinausgehen rannte ich fast Mrs. McNaughton um. Sie trug eine Einkaufstasche und schien etwas wackelig auf den Beinen zu sein.

»Geben Sie sie mir«, sagte ich und nahm ihr die Tasche ab.

»Sie sind ja der junge Mann von der Polizei, ich hab Sie erst gar nicht erkannt!«

Die Tasche war unerwartet schwer. Kartoffeln? Als ich sie auf dem Küchentisch absetzte, gewann mein Agenteninstinkt die Oberhand. Unter Gelatineblättern lagen drei Flaschen Whisky. Jetzt begriff ich, wieso Mrs. McNaughton manchmal so heiter und redselig war und gelegentlich einen etwas unsicheren Gang hatte. Vielleicht auch, weshalb McNaughton seine Professur aufgegeben hatte.

Als ich wieder die Straße in Richtung Albany Road ging, stieß ich auf Mr. Bland. Er schien gut in Form zu sein und erkannte mich sofort.

»Wie geht's? Was machen die Morde? Ihre Leiche ist also identifiziert worden. Scheint seine Frau ziemlich schlecht be-

handelt zu haben. Übrigens – Verzeihung, Sie sind doch keiner von den hiesigen Polizisten?«
Ausweichend antwortete ich, daß ich aus London käme.
»Aha! Scotland Yard ist daran interessiert, nicht? . . . Versteh schon. Man darf nicht aus der Schule plaudern. Aber Sie waren nicht bei der gerichtlichen Leichenschau!«
Ich sei im Ausland gewesen, sagte ich.
»Ich auch, mein Junge.« Er blinzelte mir zu und stieß mich mit dem Ellbogen in die Seite. »Leider nur einen Tag in Boulogne. Hab meine Frau nicht mitgenommen. Hab mir 'ne kleine nette Blonde angelacht. Die hatte Temperament!«
»Geschäftsreise?« fragte ich augenzwinkernd. Und wir beide lachten verständnisinnig.
Er ging zu Nr. 61 und ich weiter zur Albany Road. Ich war sehr unzufrieden mit mir. Wie Poirot schon gesagt hatte, aus den Nachbarn hätte mehr herausgeholt werden müssen. Es war höchst unnatürlich, daß *niemand* etwas gesehen haben sollte! Vielleicht hatte Hardcastle die falschen Fragen gestellt?
Aber hatte ich bessere? Während ich in die Albany Road einbog, überlegte ich mir folgende Probleme:

Mr. Curry (Castleton) wurde betäubt – Wann?
Wurde getötet – Wo?
Wurde nach Nr. 19 geschafft – Wie?
Jemand muß etwas gesehen haben! – Wer? Was?

Ich bog wieder links ab und ging nun genauso durch Wilbraham Crescent wie am 9. September. Sollte ich Miss Pebmarsh aufsuchen? Was sollte ich sagen? Oder Miss Waterhouse? Mrs. Hemming vielleicht? Es war ziemlich gleichgültig, was man Mrs. Hemming fragte. Sie würde doch nicht zuhören.
Wilbraham Crescent zeigte sich von seiner besten Seite, hell und sonnig. Wenn nur die Steine reden könnten! Es waren nur wenige Menschen auf der Straße. Es war, überlegte ich

mir, eine für einen Mord bestens geeignete Tageszeit. Hatte der Mörder das auch bedacht, fragte ich mich? War das ein Teil seines Planes gewesen? Schließlich langte ich vor Nr. 19 an. Außer mir war niemand zu sehen. Plötzlich fühlte ich einen stechenden Schmerz in der Schulter. Ich hatte mich gegen den Pfosten von Nr. 20 gelehnt, und wieder saß dort die große, rötliche Katze. Ich sprach ein bißchen mit ihr, nachdem ich erst einmal ihre Pfote von meiner Schulter entfernt hatte. »Wenn Katzen nur sprechen könnten!« eröffnete ich die Unterhaltung. Sie miaute melodisch. »Ich weiß, du kannst es – aber wir sprechen nicht dieselbe Sprache.« Sie beäugte mich kühl, kehrte mir die Hinterseite zu und begann sich zu putzen.

Ich blickte über die Straße. Warum konnte es dort keine Nachbarn geben? Warum nur diesen riesigen, unmenschlich aussehenden Steinkasten? Als mein Auge die Fassade hinaufsah, fiel mir auf halbem Weg ein Lichtreflex auf. Ich war verwundert. Da wieder. Ich steckte meine Hand in die Tasche. In meinen Taschen befinden sich immer viele Dinge, die gelegentlich sehr nützlich sein können. So ein paar harmlose Werkzeuge, mit denen sich fast alle verschlossenen Türen öffnen lassen, grauer Puder mit einer Phantasieaufschrift darauf, ein dazugehöriger Zerstäuber, dieses und jenes, dessen eigentlichen Zweck niemand erraten würde. Unter anderem hatte ich ein kleines Taschenteleskop. Da blickte ich nun durch.

Am Fenster war ein Kind. Ein langer Zopf hing über eine Schulter. Es studierte mich durch ein Opernglas mit einer Aufmerksamkeit, die einem hätte schmeicheln können. Da es aber sonst nichts zu sehen gab, war es vielleicht doch nicht so schmeichelhaft. In diesem Augenblick fuhr ein alter Rolls-Royce mit einem ältlichen Chauffeur am Steuer würdevoll die Straße entlang. Meine kindliche Beobachterin richtete jetzt ihre Augen darauf, und ich stand da und dachte nach.

Ich habe immer geglaubt, daß man Glück haben muß, wenn

man nur lange genug darauf wartet. War das vielleicht meine Glückssträhne? Ich merkte mir das Fenster genau, ging um den Block bis zum betreffenden Haus und hoffte, daß Nr. 77 die richtige Tür zum Klingeln war. Sieben bedeutet Glück. Also los.

26

Ein großes, blondes Mädchen öffnete die Tür und sah mich fragend an. Spuren von Mehl an den Händen und auf der Nase verrieten, wobei ich es gestört hatte.
»Verzeihen Sie«, sagte ich, »aber hier wohnt doch ein kleines Mädchen, nicht wahr? Es hat etwas aus dem Fenster geworfen.«
»Verzeihung – was Sie sagen . . .? Mädchen? Ja«, sie nickte.
Ich hielt ihr meine geöffnete Hand hin. Darauf lag ein silbernes Obstmesser. Es war deutlich zu sehen, daß es ihr fremd war.
»Sie sind gerade beim Kochen, ich möchte Sie nicht stören. Darf ich es dem Mädchen selbst bringen?«
»Verzeihung?« Doch sie schien zu begreifen, was ich wollte, und ich wurde in ein hübsches Wohnzimmer geführt. Eine Couch war vor das Fenster gestellt worden, und darauf lag ein etwa neunjähriges Mädchen mit einem eingegipsten Bein.
»Dieser Herr, er sagen, du – du fallen . . .« Zum Glück drang in diesem Augenblick ein starker Geruch nach angebranntem Kuchen aus der Küche. »Entschuldigung bitte«, sagte meine Führerin und enteilte in die Küche. Ich schloß die Tür und ging zur Couch.
»Guten Tag«, sagte ich.
»Guten Tag«, erwiderte das Kind und musterte mich weiter mit langen, durchdringenden Blicken, die mich fast nervös machten. Es war kein besonders hübsches Kind, hatte aber sehr intelligente graue Augen.

»Ich bin Colin Lamb«, sagte ich. »Wie heißt du?«
Prompt antwortete die Kleine: »Geraldine Mary Alexandra Brown – Geraldine oder Gerry werde ich gerufen, aber Gerry mag ich nicht, und Vater hält nichts von Abkürzungen.«
»Dein Vater ist nicht da, nehme ich an.«
Wiederum gab sie sofort erschöpfend Auskunft: »Cartinghaven Engineering Works in Beaverbridge; genau dreiundzwanzig Kilometer von hier.«
»Und deine Mutter?«
»Mummy ist tot«, sagte Geraldine unvermittelt munter. »Sie starb, als ich ein zwei Monate altes Baby war. Sie war in einem Flugzeug, das aus Frankreich kam. Es explodierte. Alle wurden getötet.«
»Ach so«, sagte ich. »Deswegen habt ihr –« Ich sah zur Tür.
»Das ist Ingrid. Sie kommt aus Norwegen. Sie ist erst vierzehn Tage hier. Sie kann noch nicht Englisch sprechen. Ich bringe es ihr bei . . . Sie ist in Ordnung. Die Sachen, die sie kocht, sind manchmal ziemlich komisch. Heute versucht sie sich an Sirupkuchen – den esse ich gern. Sind Sie zum Essen gekommen?«
»Eigentlich nicht. Ich kam unten vorbei und dachte, daß du das da aus dem Fenster hast fallen lassen.« Ich gab ihr das silberne Obstmesser. Geraldine sah es erst mißtrauisch, dann mit Zeichen der Bewunderung an und seufzte schließlich.
»Es gehört mir nicht. Ich hab es nicht fallen gelassen. Wieso dachten Sie, daß ich es war?«
»Nun, du sahst aus dem Fenster und . . .«
»Ich sehe meistens aus dem Fenster. Ich hab mir das Bein gebrochen. Ich stieg aus dem Bus aus, und er fuhr zu schnell an. Vati bringt mir ständig Spielzeug, aber es wird auf die Dauer langweilig; so verbringe ich viel Zeit damit, aus dem Fenster zu sehen – mit diesem hier.«
Stolz zog sie das Opernglas hervor. Ich nahm es, stellte es ein und sah aus dem Fenster.
»Das Glas ist sehr gut«, sagte ich anerkennend. Und es war

auch wirklich ausgezeichnet. Verblüffend, wie deutlich man Wilbraham Crescent Nr. 19 und die benachbarten Häuser sehen konnte. Ich gab es ihr zurück. »Erstklassig«, sagte ich.

»Es ist ein richtiges ... Ich habe ein kleines Buch«, Geraldine zeigte es mir. »Da schreibe ich hinein, was ich sehe und die Tageszeiten. Mein Vetter Dick und ich, wir schreiben auch Autonummern auf ... Leider fahren aber in dieser Straße nur sehr wenige Autos, und deswegen habe ich es zunächst wieder aufgegeben.«

»Du weißt bestimmt alles über diese Häuser dort, wer da wohnt und so weiter.« Ich sagte es ganz beiläufig, doch Geraldine reagierte schnell.

»O ja. Ich kenne natürlich nicht die richtigen Namen, deswegen habe ich ihnen eigene Namen gegeben. Da drüben, das ist die Markgräfin von Carrabas ... die mit den unordentlichen Bäumen und dem Haufen Katzen.«

»Ich hab mich gerade mit einer unterhalten«, sagte ich.

»Ich habe Sie beobachtet«, erklärte Geraldine.

»Du mußt sehr gescheit sein. Ich glaube, dir entgeht nicht viel, was? Erzähl mir mehr von den Menschen in diesen Häusern und was du so siehst. Wer wohnt im nächsten Haus – dem ordentlichen?«

»Oh, da wohnt eine blinde Frau. Sie ist ganz blind, und doch geht sie, als könne sie sehen. Das hat mir der Hauswart erzählt, Harry. Harry ist sehr nett. Er erzählt mir vieles. Er hat mir von dem Mord erzählt ... Ja, in dem Haus geschah ein Mord. Ich habe ihn sozusagen *gesehen.*«

»Was hast du ... äh ... gesehen?«

»Nun, zu der Zeit war nicht viel los. Das Aufregende war, daß jemand schreiend aus dem Haus gerannt kam. Und dann wußte ich natürlich, daß etwas geschehen sein mußte.«

»Wer schrie?«

»Nur eine Frau. Sie war ziemlich jung, eigentlich recht hübsch. Sie stürzte aus dem Haus und schrie und schrie. Ein junger Mann kam gerade die Straße entlang. Sie kam durch die Pforte und umklammerte ihn – so ungefähr.« Sie machte eine entsprechende Armbewegung. Plötzlich sah sie mich genau an. »Er sah Ihnen recht ähnlich.«

»Ich muß einen Doppelgänger haben«, sagte ich leichthin. »Was passierte dann? Das ist alles sehr aufregend.«

»Nun, er hat sie sozusagen fallen gelassen. Da auf den Boden, wissen Sie, und dann ging er zurück ins Haus, und der Kaiser – so habe ich die rötliche Katze getauft, weil sie immer so stolz aussieht – hörte auf, sich zu putzen, und dann kam Miss Nagelstock aus ihrem Haus, Nr. 18 meine ich, blieb auf den Stufen stehen und schaute ... ja, ich nenne sie Miss Nagelstock, weil sie so flach ist und ihren Bruder immer schikaniert.«

»Erzähl bitte weiter«, ermunterte ich sie voller Interesse.

»Und dann geschah alles mögliche. Der Mann kam wieder aus dem Haus – waren Sie es bestimmt nicht?«

»Ich habe ein höchst durchschnittliches Aussehen«, sagte ich bescheiden, »viele sehen so aus.«

»Das stimmt wohl«, meinte Geraldine nicht gerade schmeichelhaft. »Jedenfalls ging er zur Telefonzelle telefonieren, Polizei kam ... und sie brachten die Leiche in einer Art Ambulanz weg. Inzwischen sahen natürlich viele Leute zu, auch Harry, und er erzählte mir später davon. Er sagte nur, ein Mann wäre ermordet worden, den Namen wüßte niemand.«

Ich flehte inständig, daß Ingrid sich nicht gerade diesen Augenblick aussuchen würde, um mit einem Sirupkuchen hereinzukommen.

»Erzähl mir doch, was vorher war. Hast du diesen Mann, der ermordet wurde, ins Haus gehen sehen?«

»Nein. Er muß wohl die ganze Zeit dort gewesen sein. Aber er wohnt nicht da, niemand außer Miss Pebmarsh wohnt dort. Ihren richtigen Namen weiß ich aus den Zeitungen. Und das schreiende Mädchen hieß Sheila Webb. Harry sagte mir, daß der Ermordete Curry hieß – komischer Name, wie das Zeug, das man auf den Reis streut. Und dann, wissen Sie, passierte noch ein Mord. Nicht am selben Tag – später – in der Telefonzelle weiter unten. Ich kann sie gerade sehen,

wenn ich den Kopf aus dem Fenster stecke und den Hals drehe. Natürlich habe ich den Mord nicht richtig *gesehen* – wenn ich gewußt hätte, was passieren würde, hätte ich natürlich rausgeschaut. Damals standen viele Leute nur so auf der Straße rum und schauten auf das Haus. Ziemlich blöd, nicht?«
Ingrid erschien, verkündete, daß sie bald wiederkommen würde, und verschwand. Geraldine bemerkte:
»Sie regt sich beim Kochen immer so auf. Und ich bekomme mein Essen immer erst dann, wenn Ingrid damit fertig ist, manchmal um 12, manchmal um 2 Uhr.«
»Wann hast du an dem Mord-Tag gegessen?«
»Das war gerade ein 12-Uhr-Tag. An dem Tag hat Ingrid nämlich frei, geht ins Kino oder zum Friseur. Und dann leistet mir Mrs. Perry Gesellschaft. Mag sie nicht, sie streichelt mich immer ... man kann sich mit ihr nicht richtig unterhalten. Aber sie bringt mir immer Bonbons und so.«
»Wie alt bist du, Geraldine?«
»Zehn. Zehn Jahre, drei Monate.«
»Du kannst dich offenbar sehr gut und gescheit unterhalten.«
»Weil ich mich viel mit Vati unterhalten muß ... Ja, also an dem Tag hatten wir früh gegessen, und dann habe ich eine Zeitlang aus dem Fenster gesehen ... Nein, Mr. Curry habe ich nicht kommen sehen. Ziemlich merkwürdig, jawohl.«
»Vielleicht ist er sehr früh gekommen?«
»Aber nicht zur Vordertür. Dann hätte ich ihn bestimmt gesehen. Von hinten durch die andern Gärten kann er auch nicht gekommen sein, das mögen die Leute nicht. Ich würde gern wissen, wie er aussah«, sagte Geraldine.
»Nun, er war ziemlich alt, um die Sechzig. Er war gut rasiert und hatte einen dunkelgrauen Anzug an.«
Geraldine schüttelte den Kopf. »Klingt schrecklich langweilig«, sagte sie mißbilligend.
»Auf jeden Fall ist es wohl sehr schwierig für dich, dich an alles zu erinnern, was an einem Tag geschieht, wenn du hier liegst und immer hinausschaust.«
»Das ist nicht schwierig«, widersprach sie. »Ich kann Ihnen

alles vom Vormittag erzählen. Ich weiß, wann Mrs. Krabbe kam und ging – ja, die Putzfrau; sie bewegt sich nämlich wie eine Krabbe ... Und gegen 10 Uhr ging Miss Pebmarsh. Mrs. Krabbe geht immer gegen zwölf weg. Manchmal hat sie dann ein Päckchen, das sie beim Kommen nicht hatte. Butter und Käse, nehme ich an, weil es ja Miss Pebmarsh nicht sehen kann. An dem Tag habe ich besonders gut aufgepaßt. Ingrid hat nämlich nicht mit mir gesprochen, sie war böse. Sie wollte wissen, was ›Auf Wiedersehen‹ auf englisch heißt, und ich sagte ihr den Ausdruck für ›Mach, daß du wegkommst‹. Das hat sie dann zur Nachbarin gesagt: Hui, war die aber wütend! Aber deshalb weiß ich, daß Mr. Curry nicht durch die Vordertür kam. Vielleicht ist er nachts irgendwie hineingekommen und hat sich auf dem Dachboden versteckt. Halten Sie das für möglich?«

»Möglich wäre alles, aber nicht wahrscheinlich. Und sonst kam niemand zum Haus? Gar niemand? Kein Auto, kein Händler – oder Besucher?«

»Der Gemüsewagen kommt montags und donnerstags, die Milch kommt morgens um halb neun. Blumenkohl und so kauft Miss Pebmarsh selber ein. Niemand kommt hin außer der Wäscherei. Diesmal war es eine neue Wäscherei«, fügte sie hinzu.

»Eine neue Wäscherei?«

»Ja. Gewöhnlich ist es die Southern Downs Laundry, die meisten in der Gegend haben sie. An dem Tag war es eine neue Wäscherei – die Snowflake Laundry. Ich habe sie noch nie vorher gesehen. Sie müssen gerade erst eröffnet haben.«

Ich mußte mich sehr zwingen, kein allzu auffälliges Interesse zu verraten. Ich wollte nicht, daß sie ins Phantasieren geriet.

»Wurde Wäsche geliefert oder abgeholt?« fragte ich.

»Geliefert. Und in einem großen Korb. Viel größer als üblich.«

»Hat Miss Pebmarsh ihn abgenommen?«

»Natürlich nicht, sie war ja wieder weggegangen – genau um 13.35 Uhr, ich habe es aufgeschrieben«, sagte Geraldine stolz.

Sie griff nach einem kleinen Notizbuch, öffnete es und zeigte mit einem reichlich schmutzigen Finger auf eine Eintragung: »13.35 Uhr kam Wäsche. Nr. 19.«

»Du solltest bei Scotland Yard arbeiten«, sagte ich.

»Die haben doch weibliche Detektive dort, nicht? Das würde ich gern tun.«

»Du hast mir noch nicht erzählt, was genau passierte, als die Wäsche kam.«

»Nichts«, erwiderte Geraldine. »Der Fahrer stieg aus, öffnete den Lieferwagen, nahm diesen Korb und stolperte um das Haus herum zur Hintertür. Vermutlich konnte er nicht rein. Miss Pebmarsh schließt wahrscheinlich ab, deswegen wird er ihn wohl da hinten stehengelassen haben und kam wieder zum Wagen zurück. Er sah gewöhnlich aus.«

»So wie ich?« fragte ich.

»O nein, viel älter als Sie. Doch so genau habe ich ihn nicht gesehen, weil er falsch vor dem Haus vorfuhr. Er hielt direkt vor Nr. 19, obwohl er auf der falschen Straßenseite war. Aber bei einer Straße wie dieser kommt es nicht so darauf an. Und dann ging er durch die Gartentür, über den Korb gebeugt. Ich konnte nur seinen Hinterkopf sehen. Und als er zurückkam, rieb er sich das Gesicht. Ich nehme an, daß er vom Tragen des Korbs schwitzte und müde war.«

»Und dann fuhr er wieder fort.«

»Ja. Warum finden Sie das alles so interessant?«

»Ich weiß eigentlich nicht«, sagte ich. »Ich dachte nur, daß *er* vielleicht etwas Interessantes beobachtet haben könnte.«

Ingrid kam mit dem Essen. Ich stand auf und verabschiedete mich von Geraldine.

»Auf Wiedersehen«, sagte sie, »und was ist hiermit?« Sie nahm das Obstmesser. »Es gehört mir nicht. Ich wünschte, es wäre so«, fügte sie sehnsüchtig hinzu.

»Es sieht so aus, als ob es niemandem gehört, nicht? Ich meine, du solltest es behalten – bis es jemand zurückfordert. Aber«, fügte ich wahrheitsgemäß hinzu, »ich glaube nicht, daß es dir jemand wieder wegnehmen wird.«

27

Mrs. Rival stieß die Tür von Peacock's Arms auf und steuerte mit nicht allzu sicheren Schritten auf die Bar zu. Sie murmelte dabei etwas vor sich hin. Sie war hier keine Unbekannte und wurde vom Barmixer recht freundschaftlich begrüßt.
»'n Tag, Flo. Wie geht's?«
»Es ist nicht recht«, sagte Mrs. Rival. »Es ist nicht fair. Nein. Ich weiß, wovon ich rede, Fred, und ich sage, es ist nicht recht.«
»Natürlich nicht«, meinte Fred besänftigend. »Aber was, möchte ich wissen. Wie immer?«
Mrs. Rival nickte zustimmend, zahlte und nippte an ihrem Glas. Das Getränk heiterte sie etwas auf. Sie murmelte noch immer vor sich hin, blickte jedoch zunehmend freundlicher drein. Als Fred, der einen andern Gast bedient hatte, wieder in ihrer Nähe war, sagte sie:
»Trotzdem lasse ich mir das nicht gefallen. Nein. Wenn ich etwas nicht vertragen kann, dann Betrug. Betrug decke ich nicht, hab ich nie getan.«
»Natürlich nicht«, sagte Fred, und sein geschultes Auge verriet ihm, daß sie schon einiges getrunken hatte.
»Mir gefällt das nicht, und ich stehe dafür nicht ein. Und das will ich dir sagen. Die Leute sollen sich nur nicht einbilden, daß man mich so behandeln kann. Es ist nicht recht, meine ich, und wenn man nicht selbst für sich eintritt, wer sonst? Noch einen, Darling«, fügte sie lauter hinzu.
Fred erfüllte ihren Wunsch und riet dann: »Nach dem würde ich an deiner Stelle nach Hause gehen.« Er wunderte sich, was das alte Mädchen so aufgebracht haben könnte. Gewöhnlich war sie ziemlich ausgeglichen.
»Es wird mich in Schwierigkeiten bringen, Fred. Wenn Leute etwas von einem wollen, dann sollen sie einem alles sagen – was es bedeutet, und was sie tun. Lügner, dreckige Lügner, das sind die. Und das lasse ich mir nicht gefallen.«
»Ich würde nach Hause gehen«, meinte Fred, als er merkte,

daß eine Träne über die Schminke rollte. »Es wird bald regnen. Wird deinen hübschen Hut verderben.«
»Ich mochte Kornblumen immer gern«, sagte sie. »Oje, wenn ich nur *wüßte*, was ich tun soll!« Sie entschloß sich dann doch, von ihrem hohen Sitz herunterzurutschen, und ging verhältnismäßig gerade zur Tür. Als sie auf die Straße trat, sah sie unschlüssig zum Himmel. Ja, es würde wohl regnen. Sie ging ziemlich schnell die Straße entlang, bog links ein, dann wieder rechts und stand vor einem ziemlich schäbigen Haus still. Sie nahm einen Schlüssel heraus und ging die Stufen hoch, als jemand den Kopf durch die Tür steckte und rief: »Oben wartet jemand auf Sie.«
»Auf mich?« antwortete Mrs. Rival überrascht. Sie fand das Schlüsselloch und öffnete die Tür. Erst stand sie stocksteif da, dann trat sie einen Schritt zurück.
»Oh, Sie sind es!«
Inspektor Hardcastle erhob sich von dem Stuhl, auf dem er gesessen hatte.
»Guten Abend, Mrs. Rival.«
»Was wollen *Sie* denn hier?« fragte Mrs. Rival weniger höflich, als sie es normalerweise getan hätte.
»Ich mußte dienstlich nach London, und da gibt es ein paar Dinge, die ich noch einmal mit Ihnen besprechen wollte. Deswegen kam ich auf gut Glück vorbei. Bitte setzen Sie sich doch«, dabei schob er ihr einen Stuhl zu, als sei er der Gastgeber und sie der Gast. Sie sah ihn sehr genau an.
»Was meinen Sie mit ein paar Dingen? Wegen – Harry?«
»Ja.«
»Passen Sie auf«, sagte Mrs. Rival, und etwas Herausforderndes kam in ihre Stimme, während der Duft des Alkohols Hardcastles Nase erreichte. »Mit Harry bin ich *fertig*. Ich will nicht mehr an ihn denken. Ich meldete mich, als ich sein Bild in der Zeitung sah, nicht? Ich hab Ihnen von ihm erzählt. Es ist alles sehr lange her, und ich will nicht daran erinnert werden. Ich hab Ihnen alles gesagt, was ich weiß, und jetzt will ich davon nichts mehr hören.«

»Es ist nur ein nebensächlicher Punkt«, sagte Inspektor Hardcastle freundlich und in entschuldigendem Ton.
»Oh, also gut«, entgegnete Mrs. Rival ziemlich ungnädig. »Worum geht's?«
»Sie haben in dem Mann Ihren Ehemann wiedererkannt oder jedenfalls den Mann, mit dem Sie vor etwa fünfzehn Jahren eine Art Ehe führten. Das stimmt doch, nicht wahr?«
»Ich dachte, Sie hätten inzwischen das genaue Datum herausgefunden.«
Gescheiter als ich annahm, sagte der Inspektor zu sich.
»Ja, Sie haben recht. Wir haben es geprüft. Sie wurden am 15. Mai 1946 getraut ... Trotz der vielen inzwischen vergangenen Jahre haben Sie Ihren Mann schnell wiedererkannt. Und Sie gaben uns noch zusätzliche Informationen. Sie schrieben mir, glaube ich, von einer Narbe.«
»Ja. Hinter dem linken Ohr. Hier –«, Mrs. Rival hob eine Hand und zeigte auf die Stelle.
»Hinter seinem *linken* Ohr?« Hardcastle betonte das Wort.
»Nun –«, einen Augenblick schien sie zu zweifeln, »ja – ich glaube, ja. Ganz bestimmt. In der Eile kann man natürlich nie rechts und links unterscheiden, nicht? Aber es war links, hier – es passierte beim Rasieren. Wir hatten damals einen sehr lebhaften Hund. Er sprang an Harry hoch, und er hatte die Klinge in der Hand, und sie schnitt tief ein. Es blutete stark. Es heilte, aber die Narbe blieb.« Sie sprach jetzt mit größerer Sicherheit.
»Und wann war das?«
»Es muß ungefähr – oh, ungefähr sechs Monate nach unserer Heirat gewesen sein«, sagte sie nach einigem Überlegen. »Ja – ich erinnere mich, daß wir in dem Sommer den Hund kauften.«
»Also war es im Oktober oder November 1946. Und nachdem Ihr Mann Sie 1950 verlassen hatte ...«
»Er hat mich weniger verlassen, als daß ich ihn hinauswarf«, sagte Mrs. Rival würdevoll.
»Natürlich. Jedenfalls haben Sie ihn, nachdem Sie ihn 1950

hinausgeworfen hatten, nie wieder gesehen, bis Sie das Bild in der Zeitung entdeckten?«

»Ja. Das hab ich Ihnen doch schon gesagt.«

»Und Sie sind sich Ihrer Sache völlig sicher, Mrs. Rival?«

»Selbstverständlich. Seitdem habe ich Harry Castleton nie wiedergesehen, bis er tot vor mir lag.«

»Das ist merkwürdig, wissen Sie«, sagte Hardcastle, »das ist sehr merkwürdig. Narbengewebe haben ihre Eigenheiten. Nicht für Sie oder mich. Wir sehen einfach eine Narbe, Ärzte können jedoch viel mehr daran erkennen. Sie können nämlich sagen, seit wann etwa ein Mann eine bestimmte Narbe hat ... Worauf ich hinauswill? Nach Feststellung unseres Polizeiarztes und eines weiteren Doktors, den wir befragten, kann die Narbe hinter dem Ohr Ihres Mannes nicht älter als fünf bis sechs Jahre sein.«

»Unsinn«, sagte Mrs. Rival. »Das glaube ich nicht. – Ich – niemand kann das behaupten. Jedenfalls war es nichts als ...«

»Sie verstehen also«, fuhr der Inspektor mit sanfter Stimme fort, »wenn diese Wunde erst vor vier oder fünf Jahren eine Narbe hinterlassen hat, kann dieser Mann – sofern er Ihr Ehemann *war* – keine Narbe gehabt haben, als er Sie 1950 verließ.«

»Vielleicht nicht. Jedenfalls war es Harry.«

»Aber Sie haben ihn doch seitdem nicht mehr gesehen, Mrs. Rival. Und wenn Sie ihn seitdem nicht mehr gesehen haben, wie konnten Sie dann wissen, daß er seit fünf oder sechs Jahren eine Narbe hat?«

»Sie bringen mich ganz durcheinander, völlig. Vielleicht liegt es nicht so lange zurück. Vielleicht habe ich ihn ein oder zwei Jahre später getroffen. Mir ist beinahe so. Jedenfalls hatte Harry diese Narbe, das weiß ich.«

»Gut«, sagte Inspektor Hardcastle und stand auf. »Sie sollten sich Ihre Aussage vielleicht noch einmal sehr sorgfältig überlegen, Mrs. Rival. Sie wollen doch sicherlich keine Schwierigkeiten haben.«

»Was meinen Sie mit Schwierigkeiten?«
»Nun, Meineid ... Ja, nach dem Gesetz ist es ein schweres Vergehen. Sie könnten sogar ins Zuchthaus kommen deswegen. Natürlich standen Sie nicht unter Eid, als Sie vor dem mit der Untersuchung der Todesursache betrauten Richter aussagten. Es könnte aber sein, daß Sie diese Aussage einmal vor einem ordentlichen Gericht beschwören müßten. Dann – nun, überlegen Sie es sich gut, Mrs. Rival. Vielleicht hat Ihnen jemand – vorgeschlagen, uns diese Geschichte von der Narbe zu erzählen?«
Mit flammenden Augen erhob sich Mrs. Rival. In diesem Augenblick war sie tatsächlich großartig.
»So einen Blödsinn habe ich in meinem ganzen Leben nicht gehört. Ich versuche, meine Pflicht zu tun. Ich komme und helfe Ihnen, ich berichte alles, an das ich mich erinnern kann. Wenn ich einen Fehler gemacht haben sollte, dann wäre das verständlich genug. Schließlich lerne ich eine ganze Menge – Freunde kennen, und man bringt gelegentlich etwas durcheinander. Aber ich glaube nicht, daß ich einen Fehler gemacht habe. Dieser Mann war Harry, und Harry hatte eine Narbe hinter dem linken Ohr. Und jetzt, Inspektor Hardcastle, werden Sie gehen, statt mich zu beschuldigen, Lügen zu erzählen.«
Prompt stand Hardcastle auf.
»Gute Nacht, Mrs. Rival. Überlegen Sie es sich. Das ist alles.«
Mrs. Rival warf den Kopf zurück. Hardcastle ging. Im selben Moment änderte sich Mrs. Rivals Haltung völig. Sie sah erschrocken und bekümmert aus.
»Mich in so etwas hineinzuziehen. Ich mache nicht mehr mit. Mir Geschichten zu erzählen, mich zu belügen, zu betrügen. Es ist Wahnsinn. Einfach Wahnsinn. Das werde ich sagen.«
Unschlüssig ging sie auf und ab, nahm schließlich einen Schirm und verließ wieder das Haus. Sie ging bis zum Ende der Straße, zögerte an der Telefonzelle, ging dann aber weiter zur Post. Dort ließ sie sich Geld wechseln und ging zum

Telefonautomaten. Sie erkundigte sich bei der Auskunft nach einer Nummer und wartete, bis die Verbindung hergestellt war. Dann sprach sie.

»Hallo ... Oh, Sie sind es. Hier ist Flo. Ich weiß, ich sollte nicht, aber ich mußte. Sie sind nicht ehrlich gewesen, haben mir nie gesagt, auf was ich mich da einlasse. Sie haben nur gesagt, daß es für Sie unangenehm würde, wenn man den Mann identifizierte. Ich hab keine Sekunde daran gedacht, daß ich in einen Mordfall verwickelt werden könnte ... Natürlich sagen Sie das jetzt, aber es ist nicht das, was Sie mir vorher sagten ... Ja. Ich nehme an, daß Sie irgendwie damit *zu tun haben* ... Es gibt so etwas wie Beihilfe. Ich hab Angst, sag ich Ihnen. Mir zu sagen, ich soll das über die Narbe schreiben. Wie es jetzt aussieht, hat er die erst seit ein oder zwei Jahren, und da stehe ich und schwöre, daß er sie hatte, als er mich vor Jahren verließ. Nein, es hat keinen Sinn, mich überreden zu wollen ... Nein ... Jemandem einen Gefallen zu tun, ist ... Ja, ich weiß, Sie haben mich dafür bezahlt, wenn auch nicht besonders gut. Schön, ich höre, aber ich werde nicht ... Schon gut, ich werde den Mund halten ... Wie bitte? Wieviel? ... Das ist eine Menge Geld. Wie soll ich überhaupt wissen, daß Sie so viel haben? Natürlich, das wäre etwas anderes. Sie schwören, daß Sie nichts damit zu tun hatten? Ich meine, mit irgendeinem Mord? Nein? Ich glaube nicht, daß Sie jemand töten würden. Natürlich sehe ich ein, daß ... Sie machen einem immer alles so plausibel! Schön, ich werd's mir überlegen, es muß aber bald sein ... Morgen? Welche Zeit? ... Ja ... Ja. Ich werde kommen, aber keinen Scheck! Der könnte platzen ... Eigentlich sollte ich mich nicht weiter in diese Dinge hineinziehen lassen ... gut. Wenn Sie meinen ... Ich wollte nicht gemein werden deswegen, also gut.«

Sie verließ die Post, schwankte von einer Seite des Bürgersteigs zur andern und lächelte. Für diese Summe lohnte es sich schon, ein bißchen Ärger mit der Polizei zu haben. Und eigentlich war es kein großes Risiko. Sie mußte nur sagen, daß sie es vergessen hatte, oder sich nicht mehr daran erinnern könne. Und dann begann sie intensiv darüber nachzudenken, was sie zuerst für das Geld kaufen würde . . .

28

Colin Lambs Bericht

»Sie scheinen nicht viel aus dieser Ramsay herausbekommen zu haben«, klagte Colonel Beck.

»Nein. Das fehlende Glied ist immer noch nicht gefunden. Für diese Arbeit tauge ich nicht«, sagte ich langsam.

»Soll ich Ihnen ein bißchen über den Kopf streichen und sagen: ›Na, na‹?«

Wider Willen mußte ich lachen, schüttelte aber den Kopf, als er meinte, dahinter steckten Probleme mit einem Mädchen.

»Nein, ich habe es schon seit längerer Zeit bemerkt.«

»Ich auch«, sagte Beck unerwarteterweise. »Und wenn Sie selbst dieses Gefühl haben, dann können Sie uns nicht mehr viel nützen. Sie haben erstklassige Arbeit geleistet, mein Junge. Seien Sie damit zufrieden. Kehren Sie zu Ihren verdammten Algen zurück. Wie steht es übrigens mit Ihrem Mord? Ich wette, daß es das Mädchen war.«

»Sie irren sich«, erwiderte ich.

Kurz darauf ging ich in Gedanken versunken die Charing Cross Road entlang. An der U-Bahn-Station kaufte ich eine Zeitung.

Ich las, daß man eine Frau, die gestern während der Rushhour auf der Victoria-Station ohnmächtig geworden war, ins Krankenhaus gebracht hatte. Dort stellte man fest, daß sie in Wirklichkeit erstochen worden war. Sie war gestorben, ohne das Bewußtsein wiedererlangt zu haben. Ihr Name war Mrs. Merlina Rival.

Ich rief Hardcastle an. Er beantwortete meine Frage mit ja.

»Es ist genauso, wie es in der Zeitung steht.« Seine Stimme klang hart und bitter.

»Ich war vorgestern abend bei ihr. Ich sagte ihr, daß sie mit ihrer Geschichte über die Narbe nicht durchkommen würde, daß die Haut über der Narbe noch ziemlich frisch wäre. Merkwürdig, wie Leute Fehler machen. Nur dadurch, daß sie es zu gut machen wollen. Jemand hat diese Frau bezahlt, um die Leiche als die ihres Mannes zu identifizieren. Und sie hat es gut gemacht! Ich habe ihr geglaubt. Und dann wollte jemand zu schlau sein: Wenn sie sich an die unbedeutende kleine Narbe *später* erinnerte, dann wäre das überzeugender und würde die Identifizierung endgültig bestätigen.«

»Merlina Rival steckte also bis zum Hals in der Sache?«

»Weißt du, das bezweifle ich eigentlich. Wenn ihr ein alter Freund oder Bekannter gesagt hätte: ›Sieh mal, ich bin da in einer schwierigen Lage. Jemand, mit dem ich Geschäfte gemacht habe, wurde ermordet. Wenn sie ihn identifizieren und unsere ganzen Machenschaften ans Licht bringen, kommt es zu einer Katastrophe. Wenn du aber hingehst und sagst, das wäre dein Mann, Harry Castleton, der vor Jahren türmte, dann verläuft sich die ganze Sache im Sande!‹«

»Sie würde so was doch bestimmt ablehnen – sagen, es wäre zu riskant?«

»Falls sie es tat, würde jemand sagen: ›Wieso ein Risiko? Im schlimmsten Fall sagst du eben, du hättest dich geirrt. Und nach fünfzehn Jahren kann sich jede Frau irren.‹ Und bei der Gelegenheit ist vermutlich eine nette, kleine Summe erwähnt worden. Und sie sagt o. k., sie würde mitspielen und tut es . . . Sie war keine besonders mißtrauische Frau.«

»Was geschah, als du sie aufsuchtest?«

»Ich habe ihr Angst eingejagt. Nachdem ich gegangen war, tat sie genau das, was ich erwartete – versuchte mit der Person Kontakt aufzunehmen, die sie angestiftet hatte. Ich hab sie natürlich beschatten lassen. Leider ging sie jedoch in eine andere Telefonzelle, als ich erwartet hatte. Als sie herauskam, sah sie sehr zufrieden aus. Sie wurde ständig beobachtet, doch bis gestern abend passierte nichts Besonderes. Sie ging zur Victoria-Station und löste eine Karte bis Crowdean – dort wollte sie wohl den oder die Betreffende aufsuchen. Aber dieser gerissene Teufel war ihr einen Schritt voraus. Die einfachste Sache von der Welt, sich in der Menge hinter jemanden zu stellen und mit dem Messer zuzustechen ... Ich glaube kaum, daß sie überhaupt wußte, was geschehen war. Nur ein plötzlicher stechender Schmerz – und dann denkt man, man sei wieder in Ordnung. Im Gegenteil. Man steht tot auf den Füßen, ohne es zu wissen ... Verdammt, verdammt, verdammt!« schloß er.

»Hast du alle überprüft?« Ich mußte einfach fragen.

Seine Antwort kam schnell und scharf: »Diese Pebmarsh war gestern in London, erledigte was für ihr Institut und fuhr mit dem Zug um 19.40 Uhr nach Crowdean zurück ... Und Sheila Webb fuhr mit einem Manuskript zum Überarbeiten zu einem ausländischen Autor, der seine Reise nach New York in London unterbrach. Sie verließ das Ritz etwa um 17.30 Uhr und ging – allein – ins Kino, ehe sie zurückfuhr.«

»Hör zu, Hardcastle«, sagte ich. »Ich hab was für dich. Ein Augenzeuge steht dafür ein. Ein Wäschewagen fuhr am 9. September um 13.35 Uhr vor Wilbraham Crescent Nr. 19 vor. Der Fahrer stieg aus und trug einen schweren Wäschekorb zur Hintertür. Es war ein ungewöhnlich großer Wäschekorb.«

»Wäscherei? Welche?«

»Die Snowflake-Wäscherei. Kennst du sie?«

»Aus dem Handgelenk nicht. Es ist kein ungewöhnlicher Name für eine Wäscherei.«

»Also – geh der Sache nach. Ein *Mann* fuhr den Wagen – und ein *Mann* trug den Korb ins Haus –«

Hardcastles Stimme war plötzlich voller Argwohn: »Hast du dir das vielleicht ausgedacht, Colin?«

»Nein. Ich sagte dir doch, daß ich einen Augenzeugen dafür habe. Los, prüf es nach.« Dann legte ich auf, ehe er mich noch weiter ausfragen konnte. Ich hatte noch viel zu tun –

und ich wollte dabei nicht in Hardcastles Reichweite sein. Ich mußte mein zukünftiges Leben organisieren.

29

Colin Lambs Bericht

Fünf Tage später kam ich um elf Uhr nachts in Crowdean an. Ich nahm ein Zimmer im Clarendon Hotel und ging schlafen. Übermüdet wie ich war, wachte ich erst um drei Viertel zehn auf. Mit dem Frühstück und der Zeitung kam ein großer Umschlag mit dem Vermerk: »Durch Boten«. Das war unerwartet. Nachdem ich eine Weile damit herumgespielt hatte, öffnete ich ihn und fand darin ein Blatt und darauf in großen Druckbuchstaben:

CURLEW HOTEL 11.30
ZIMMER 413
(Dreimal klopfen)

Was hatte das zu bedeuten? 413 – dieselben Zahlen wie jene mysteriöse Uhrzeit. Zufall? – Kein Zufall? Schnell zog ich mich an und war rechtzeitig im Curlew Hotel. Ich nahm gleich den Lift zum vierten Stock und ging zum Zimmer Nr. 413. Nach kurzem Zögern klopfte ich und hörte: »Herein bitte!«

Ich öffnete die unverschlossene Tür, trat ein und blieb wie erstarrt stehen. Vor mir saß der letzte Mensch der Welt, den ich hier erwartet hätte – Hercule Poirot. Strahlend berichtete er auf meine Frage, daß er äußerst bequem in einem Daimler hergefahren wäre – angeblich, weil die Maler in seiner Wohnung seien und weil der Arzt ihm Seeluft verordnet habe.

»Haben Sie mir das geschickt?« fragte ich und hielt ihm den Brief hin.

»Natürlich – wer sonst? Nein, die Zimmernummer ist kein

Zufall, ich habe extra danach gefragt ... Es schien mir so angemessen.«
»Und dreimal klopfen?«
»Ich konnte nicht widerstehen. Es wäre noch besser gewesen, wenn ich einen Zweig Rosmarin hätte dazulegen können. Ich dachte auch daran, mir in den Finger zu schneiden und einen blutigen Abdruck meiner Hand an der Tür anzubringen. Aber ich hätte mir eine Blutvergiftung zuziehen können.«
»Vermutlich die zweite Kindheit«, bemerkte ich kühl. »Heute nachmittag werde ich Ihnen einen Luftballon und ein Stoffkaninchen kaufen.«
»Sie scheinen sich gar nicht über die Überraschung zu freuen – warum denn nicht? Kommen Sie, lassen Sie uns jetzt ernsthaft reden, nachdem ich meinen Spaß gehabt habe. Ich hoffe, Ihnen jetzt helfen zu können. Ich habe den Polizeichef schon angerufen – er war sehr geschmeichelt –, und im Augenblick erwarte ich Ihren Freund Hardcastle ... Ich habe vorgeschlagen, daß wir uns zu dritt unterhalten sollen.«
Ich lachte. Vielleicht nannte er es unterhalten, aber ich wußte, wer reden würde – Hercule Poirot!

Hardcastle war eingetroffen. Nachdem der Höflichkeit Genüge getan war, fragte er vorsichtig: »Ich nehme an, M. Poirot, daß Sie alles persönlich in Augenschein nehmen möchten? Der Polizeichef hat mir gesagt, daß ich alle Ihre Wünsche erfüllen soll. Doch Sie werden verstehen, daß es da gewisse Schwierigkeiten –«
Poirot unterbrach ihn: »Ich kam hierher, weil meine Wohnung neu gestrichen wird.«
Ich lachte laut auf. »M. Poirot braucht nicht herumzulaufen. Er bleibt dabei, daß er alles von einem Sessel aus erledigen kann. Aber ganz stimmt das doch nicht, nicht wahr, Poirot? Oder weshalb wären Sie sonst hierhergekommen?«
Würdevoll entgegnete Poirot: »Ich sagte, daß es nicht nötig sei, den Bluthund zu spielen. Aber ich gebe zu, daß ein Hund

für die Jagd erforderlich *ist*, ein Apportierhund. Ich persönlich kann ohne Hund auskommen. Dennoch akzeptiere ich Ihre englische Idealvorstellung von einem Hund. Der Mensch liebt und achtet seinen Hund, lobt seinen Freunden gegenüber dessen Klugheit. Aber auch das Umgekehrte ist möglich! Der Hund liebt seinen Herrn – und er wird Dinge tun, nach denen sich sein Herr sehnt. Und so war es mit meinem netten jungen Freund Colin hier. Er suchte mich auf, nicht um sich bei seinen Problemen helfen zu lassen – er wußte, daß er sie selber lösen könnte und wohl auch schon tat. Nein, es bekümmerte ihn, daß ich nichts zu tun hatte und einsam war. Und so forderte er mich mit einem Problem heraus, forderte mich heraus, das zu tun, wovon ich so oft behauptet hatte, daß es möglich sei: ruhig im Stuhl zu sitzen und – zu gegebener Zeit – das Problem zu lösen. Er hingegen wollte mir beweisen, daß es doch nicht so einfach wäre. *Mais oui, mais oui,* das ist wahr! Sie wollten sich ein bißchen lustig machen über mich, und ich schelte Sie deswegen nicht. Ich sage nur, daß Sie Ihren Hercule Poirot nicht kannten.«

Ich grinste ihn freundschaftlich an, wie er so seinen Brustkasten vorstreckte und seinen Bart zwirbelte.

»Geben Sie uns also die Antwort – wenn Sie sie wissen!«

»Natürlich weiß ich sie! Ich weiß, wer den Mann in Wilbraham Crescent Nr. 19 ermordete und Edna Brent.«

Hardcastle blickte ihn ungläubig an: »Sie wissen, wer der Tote ist?«

»Ich weiß, wer er sein *muß*.«

Hardcastles Zweifel zeigten sich deutlich auf seinem Gesicht, doch blieb er, eingedenk der Ermahnungen seines Polizeichefs, höflich, wenn er auch skeptisch fragte: »Entschuldigen Sie, M. Poirot, Sie behaupten zu wissen, wer diese drei Menschen tötete und warum?«

»Ja, ich weiß es!«

Hardcastle seufzte: »Aber sehen Sie, M. Poirot, ich brauche Beweise!«

»Natürlich. Ich denke aber, daß Sie sich mit den Möglichkeiten, über die Sie verfügen, diese Beweise leicht beschaffen können. Wenn Sie es wirklich wissen – ist das nicht der erste Schritt?«

»Nicht immer«, meinte Hardcastle bekümmert. »Es laufen heute Leute herum, die eigentlich im Gefängnis sitzen sollten. Sie wissen es, und wir wissen es.«

»Schon gut, schon gut«, unterbrach ich. »*Sie wissen* ... Dann lassen Sie es uns jetzt auch wissen!«

»Ich merke, daß Sie noch immer skeptisch sind. Zunächst möchte ich folgendes sagen: Sicher sein, heißt, daß alles an die rechte Stelle gerückt ist. Man merkt, daß es gar nicht anders hätte geschehen können. Es ist klar, daß man einen Fall nicht im Sessel sitzend lösen kann, wenn man nur die Zeitungsberichte liest. Die Fakten müssen genau stimmen, und das ist in den Zeitungen selten, wenn überhaupt, der Fall. Aber in Colin hatte ich einen äußerst geschickten Hund. Er hatte schon immer ein hervorragendes Gedächtnis. Er kann noch nach Tagen Unterhaltungen wörtlich wiedergeben, damit verbundene Geräusche und so weiter. All das ist sehr wichtig. Das bedeutet, daß er hörte, was *ich* gehört und gesehen haben würde, wenn ich zugegen gewesen wäre.«

»Nur hat der arme Hund nicht die erforderlichen Schlüsse gezogen!«

Ohne darauf einzugehen, fuhr Poirot fort:

»Soweit es möglich war, habe ich alle Fakten gesammelt. Was mir zuerst auffiel, als Colin mir die ganze Geschichte erzählte, war das Charakteristikum des Phantastischen. Vier Uhren, alle etwa eine Stunde vorgestellt, alle ins Haus gebracht ohne Wissen der Eigentümerin, zumindest behauptete sie das. Wir dürfen nämlich niemals glauben, was uns gesagt wird, bis solche Erklärungen genau überprüft worden sind.«

»Ihr Verstand arbeitet genauso wie meiner«, sagte Hardcastle.

»Auf dem Fußboden liegt ein toter Mann. Niemand weiß, wer er ist (oder wenigstens wird das *behauptet*). Weder der auf der Karte verzeichnete Name noch die Versicherung, noch die Adresse existieren. Das ist zwar ein negativer Beweis, aber es ist ein Beweis. Anscheinend wird etwa zehn Minuten vor zwei ein Schreibbüro angerufen, eine Miss Millicent Pebmarsh engagiert die Stenotypistin Miss Sheila Webb für drei Uhr. Miss Webb kommt kurz vor drei in Wilbraham Crescent Nr. 19 an, geht weisungsgemäß in das Wohnzimmer, findet einen toten Mann auf dem Boden und rennt schreiend aus dem Haus – in die Arme eines jungen Mannes.«

»Auftritt des jugendlichen Helden«, sagte ich mit leichter Verbeugung.

»Sehen Sie, nicht einmal Sie können umhin, einen melodramatischen Ton anzuschlagen, wenn Sie davon sprechen. Die ganze Sache ist melodramatisch, phantastisch und völlig irreal – sie könnte bei Autoren wie Garry Gregson vorkommen. Ich darf vielleicht erwähnen, daß ich mich gerade mit den Kriminalautoren der letzten sechzig Jahre befaßte, als mein junger Freund zu mir kam. Ich sah bereits das tatsächliche Verbrechen durch die Brille des Kriminalromans. Das heißt, wenn ich merke, daß ein Hund nicht gebellt hat, wenn er sollte, sage ich mir: ›Ha! Ein Sherlock-Holmes-Verbrechen!‹ Und wenn eine Leiche in einem verschlossenen Raum gefunden wird, weiß ich sofort: ›Ha! Ein Dickson-Carr-Fall!‹ Wenn ich feststellen sollte, daß ... doch genug jetzt. Verstehen Sie, was ich meine? Die Umstände des Verbrechens sind so unwahrscheinlich, daß man sofort spürt: ›Die Handlung ist nicht aus dem Leben gegriffen. Das alles ist ganz irreal.‹ Aber unser Fall hier ist wirklich *passiert*. Das regt einen zu intensivem Denken an, nicht wahr?«

Hardcastle hätte es anders ausgedrückt, aber er hatte sich die gleiche Meinung über den Fall gebildet und nickte. Poirot fuhr fort:

»Es ist genau das Gegenteil von Chestertons Pointe: ›Wo würde man ein Blatt verstecken? Im Wald. Einen Kieselstein? Am Strand.‹ Wenn ich mich also im Sinne Chestertons fragen würde: ›Wo verbirgt eine Frau mittleren Alters ihre Falten?‹ müßte die Antwort lauten: ›Sie umgibt sich mit Frauen ihres Alters.‹ Natürlich tut sie das nicht. Sie verbirgt ihre Falten unter Make-up, Rouge und Lidschatten, sie umgibt sich mit schönen Pelzen und Juwelen. Verstehen Sie? Dann werden nämlich die Leute zuerst auf die Pelze und Juwelen und die Frisur aufmerksam, auf die Fassade sozusagen. Deshalb bemerkte ich zu meinem Freund Colin: Da der Mord so viele phantastische Details als Ablenkungsmanöver aufweist, muß er sich in Wirklichkeit sehr einfach abgespielt haben.«

»Das behaupten Sie zwar«, wandte ich ein, »aber ich kann noch immer nicht sehen, daß Sie recht haben.«

»Da müssen Sie noch etwas warten. Wenn wir also die phantastischen Details außer acht lassen und nur das Wesentliche betrachten, stoßen wir auf einen Mann, der getötet worden ist. Warum? Wer ist er? Die Antwort auf die erste Frage hängt offensichtlich von der Antwort auf die zweite Frage ab. Ehe man nicht die Antworten auf diese beiden Fragen hat, kommt man nicht weiter. Er könnte ein Erpresser gewesen sein, ein Betrüger, alles mögliche. Als immer mehr Leute darin übereinstimmten, daß der Tote eigentlich wie ein völlig durchschnittlicher, wohlhabender älterer Herr *aussah,* brachte mich das plötzlich darauf, diesen Mann das sein zu lassen, was er zu sein schien: ein wohlhabender, achtbarer älterer Herr, der jemandem im Weg gewesen war. Wem? Hier können wir das Feld etwas einengen: Jemand muß mit den Gewohnheiten von Miss Pebmarsh vertraut gewesen sein, das Cavendish-Schreibbüro kennen und wissen, daß Sheila Webb dort arbeitet. Deshalb riet ich meinem Freund Colin, sich mit den Nachbarn zu unterhalten. Und dabei fiel ein Satz von unschätzbarem Wert.«

»Welcher?« fragte ich. »Wer sagte ihn? – Wann?«

»Alles zu seiner Zeit, *mon cher.* Wenn man um Nr. 19 herum einen Kreis zieht, könnte jeder innerhalb dieses Kreises Mr. Curry getötet haben. Wichtiger aber noch sind die Personen, die am Tatort gewesen waren. Miss Pebmarsh hätte ihn töten können, ehe sie um 13.35 Uhr das Haus verließ; auch Miss Webb hätte verabreden können, sich dort mit ihm zu treffen, um ihn zu töten, ehe sie schreiend aus dem Haus lief ... Und natürlich *Sie*, mein lieber Colin. Auch Sie waren am Tatort – suchten eine Hausnummer dort, wo sie gar nicht hingehörte.«

»Ich muß schon sagen«, protestierte ich empört, »was werden Sie noch alles behaupten?«

»Die Wahrheit ist unbestechlich«, erklärte Poirot großspurig.

»Und dabei war ich es, der Ihnen die ganze Sache auf dem Tablett präsentierte!«

»Mörder sind oft eingebildet – und es hätte auch Ihnen Spaß machen können, sich auf meine Kosten zu amüsieren.«

Mir wurde es allmählich etwas ungemütlich. Zu Inspektor Hardcastle gewandt, fuhr Poirot fort:

»Es muß ein im Grunde einfaches Verbrechen sein, sagte ich mir. Der springende Punkt ist, daß ein unauffälliger älterer Mann tot ist und daß jemand ihn ermordete. Wenn wir wissen, wer der Tote ist, haben wir auch einen Hinweis auf den Mörder. War der Tote ein Erpresser, dann müssen wir eine Person suchen, die erpreßt wurde. War er ein Detektiv, dann deutet das auf einen Mörder hin, der ein böses Geheimnis mit sich herumträgt. War der Tote ein wohlhabender Mann, dann müssen wir uns unter den Erben umsehen. Aber wenn wir nicht wissen, wer der Mann ist – dann ist es sehr schwierig, innerhalb dieses Kreises nach der Person zu jagen, die ein Motiv hatte, ihn zu töten.

Abgesehen von Miss Pebmarsh und Sheila Webb – wen gibt es dort, der nicht das wäre, was er zu sein vorgibt? Die Antwort ist enttäuschend. Mit Ausnahme von Mr. Ramsay, der, soviel ich weiß, *nicht* das ist, was er zu sein scheint« – Poirot sah mich fragend an, und ich nickte –, »ist jeder andere im Umkreis von Nr. 19 über diesen Verdacht erhaben. Konzentrieren wir uns also wieder auf Mr. Curry. Woher kam er? Was führte ihn zu Wilbraham Crescent Nr. 19? Und hier

machte eine Nachbarin, Mrs. Hemming, eine wertvolle Feststellung. Sie sagte, als sie erfuhr, daß der Ermordete nicht in Nr. 19 wohnte, ›er ging dorthin, um ermordet zu werden‹. Wie seltsam! Sie, die mit ihren eigenen Dingen viel zu beschäftigt war, um sich um die Meinungen ihrer Nachbarn zu kümmern, traf ins Schwarze. Sie faßte das ganze Verbrechen in einem Satz zusammen: *Mr. Curry kam nach Wilbraham Crescent Nr. 19, um dort ermordet zu werden.* So einfach war das!
Mr. Curry kam – und wurde getötet. Aber das war noch nicht alles. Noch wichtiger war, *daß er nicht identifiziert werden konnte.* Er hatte keine Brieftasche bei sich, keine Papiere, das Etikett des Schneiders war aus seinem Anzug entfernt worden. Die gedruckte Karte mit dem Hinweis ›Curry, Versicherungsvertreter‹, war nur eine vorläufige Maßnahme. Wenn die Identität des Mannes für immer verborgen bleiben sollte, dann mußte ihm eine falsche gegeben werden. Ich war überzeugt davon, daß früher oder später sich jemand melden und genau das tun würde. Mrs. Rival – der Name hätte mir sofort auffallen müssen. In Somerset gibt es ein Dorf, das Curry Rival heißt. Vielleicht unbewußt, vielleicht bewußt, hatte man diese beiden Namen ausgesucht: Mr. Curry – Mrs. Rival.
So weit ist der Plan klar. Aber ich wunderte mich darüber, warum es unser Mörder für selbstverständlich hielt, daß die wahre Identität des Toten nicht festgestellt werden konnte. Wenn der Mann auch keine Angehörigen hatte, so stand er doch mit Freunden, Dienstboten und Geschäftskollegen in Verbindung. Das brachte mich zu der Vermutung, daß dieser Mann *nicht vermißt werden würde.* Das bedeutete wohl, daß er kein Engländer war und nur besuchsweise in diesem Lande weilte. Das würde auch erklären, wieso kein Zahnarzt Unterlagen über ihn besaß.
Allmählich formte sich in mir das verschwommene Bild von beiden, dem Opfer und dem Mörder. Und dann kam noch das bißchen Pech dazu, das kein Mörder voraussehen kann. Viele konnten Mr. Curry getötet haben. Aber nur *eine* Person konnte Edna ermordet haben oder ein Motiv dafür haben.«

Hardcastle und ich sahen ihn erstaunt an.
»Sehen wir uns das Cavendish-Schreibbüro an. Dort arbeiten acht Mädchen. Vier waren am 9. September außerhalb des Büros beschäftigt und aßen dort, wo sie arbeiteten. Es waren die vier, die gewöhnlich für die erste Tischzeit eingeteilt waren, von 12.30 bis 13.30 Uhr. Die anderen vier, Sheila Webb, Edna Brent, Jane und Maureen, gingen von 13.30 bis 14.30 Uhr zu Tisch. Aber an dem Tag brach Edna Brent sich, kurz nachdem sie das Büro verlassen hatte, den Absatz in einem Gitterrost ab. Da sie so nicht laufen konnte, kaufte sie sich nur ein paar Hörnchen und kehrte ins Büro zurück.«
Poirot deutete mit dem Finger auf uns.
»Uns wurde gesagt, daß Edna Brent über etwas bekümmert war. Sie versuchte, Sheila Webb außerhalb des Büros zu treffen – vergeblich. Wir nahmen an, daß dieser Kummer etwas mit Sheila zu tun hatte, aber dafür gibt es keinen Beweis. Vielleicht wollte sie Sheila Webb nur um Rat fragen wegen einer Sache, die ihr Sorgen machte. Jedenfalls war klar, daß sie mit Sheila *außerhalb* des Büros sprechen wollte.
Der einzige Anhaltspunkt sind die Worte, die sie zu dem Polizisten nach der gerichtlichen Untersuchung sagte: ›Es ist nur, daß es nicht stimmen kann, was sie gesagt hat.‹ An diesem Morgen hatten drei Frauen ausgesagt. Edna hätte Miss Pebmarsh meinen können. Oder, wie allgemein angenommen, Sheila Webb. Doch es gibt eine dritte Möglichkeit: *Sie hätte Miss Martindale meinen können.*«
»Miss Martindale? Die hat aber doch nur ganz kurz ausgesagt!«
»Eben. Und nur über den Anruf, von dem sie behauptete, daß Miss Pebmarsh am Apparat gewesen sei.«
»Wollen Sie damit sagen, daß Edna wußte, daß dieser Anruf *nicht* von Miss Pebmarsh stammte?«
»Ich glaube, es war viel einfacher. Ich glaube, daß es *überhaupt keinen Anruf* gab. – Ednas Schuh ging entzwei. Sie kehrte ins Büro zurück. Aber das wußte Miss Martindale in ihrem Privatbüro nicht, sie wähnte sich allein. Sie brauchte

nichts weiter zu tun, als zu *sagen*, daß um 13.49 Uhr angeru fen worden sei. Zunächst erkennt Edna noch nicht die Bedeutung dessen, was sie weiß. Sheila wird zu Miss Martindale gerufen, und man sagt ihr, wohin sie zu gehen hat. Wie und wann diese Verabredung getroffen wurde, wird Edna gegenüber nicht erwähnt. Der Mord wird bekannt, und nach und nach wird das Bild deutlich und klar. Miss Pebmarsh rief an und forderte Sheila Webb an. Miss Pebmarsh behauptet aber, sie hätte nicht angerufen. Der Anruf soll zehn Minuten vor zwei erfolgt sein. *Und Edna weiß, daß das nicht wahr sein kann.* Aber Miss Martindale ist bekannt für ihre Gewissenhaftigkeit. Je mehr Edna darüber nachdenkt, desto verwirrender wird es. Sie muß Sheila fragen. Sheila wird es schon wissen.

Und dann gehen alle Mädchen zu der gerichtlichen Voruntersuchung. Miss Martindale wiederholt die Geschichte mit dem Anruf, und jetzt weiß Edna mit Bestimmheit, daß die so präzise Aussage falsch ist. Deswegen fragte sie einen Polizisten, ob sie mit dem Inspektor sprechen könne. Vermutlich hat Miss Martindale, die mit vielen anderen das Gebäude verließ, das gehört. Vielleicht hatte sie inzwischen von den Mädchen von Ednas Pech mit dem Schuh gehört, ohne sich klarzumachen, was das bedeutet. Jedenfalls ging sie dem Mädchen zur Wilbraham Crescent nach. Weshalb Edna wohl dorthin ging, frage ich mich?«

»Nur, um sich den Ort des Geschehens anzusehen, nehme ich an«, sagte Hardcastle seufzend. »Es gibt Leute, die so was tun.«

»Ja, das stimmt. Vielleicht spricht Miss Martindale sie an, geht mit ihr die Straße entlang, und Edna stellt die verhängnisvolle Frage. Miss Martindale reagiert schnell. Sie sind gerade bei der Telefonzelle. Sie sagt: ›Das ist sehr wichtig. Sie müssen sofort die Polizei anrufen. Die Nummer ist ... Sagen Sie, daß wir beide sofort hinkommen.‹ Edna ist zum Gehorsam erzogen. Sie tut, was man ihr sagt. Sie geht hinein, nimmt den Hörer ab, und Miss Martindale folgt ihr, schlingt

ihr den Schal um den Hals und erdrosselt sie ... Es war gerade Mittagspause, und die Leute, die sich auf der Straße aufhielten, waren damit beschäftigt, auf Nr. 19 zu starren. Es war eine Chance, die von einer tatkräftigen und skrupellosen Frau kühn ergriffen wurde.
Auf den ersten Blick versteht man natürlich nicht, was Miss Martindale mit dem ganzen Fall zu tun hat. Aber da sie zweifellos Edna tötete, *muß* sie etwas damit zu tun haben – ich fange an, in ihr die Lady Macbeth des Verbrechens zu sehen, eine rücksichtslose und berechnende Frau.«
»Aber wieso? Wo ist das Motiv?« wollte Hardcastle wissen.
»Sie dachten, die Unterhaltung mit den Nachbarn habe nichts ergeben. Erinnern Sie sich, daß Mrs. Bland, nachdem sie über das Leben im Ausland gesprochen hatten, sagte, sie wäre gern in Crowdean, *weil sie dort eine Schwester habe? Aber Mrs. Bland durfte ja gar keine Schwester haben!* Sie hatte vor einem Jahr von einem kanadischen Großonkel ein Vermögen geerbt, weil sie die einzige Überlebende der Familie war!«
Poirot lehnte sich zurück, legte die Fingerspitzen aneinander und sprach fast träumerisch mit halbgeschlossenen Augen weiter.
»Nehmen Sie an, Sie wären ein durchschnittlicher und nicht von allzu vielen Skrupeln geplagter Mann in großen finanziellen Schwierigkeiten. Eines Tages kommt ein Brief vom Rechtsanwalt: Ihre Frau habe ein großes Vermögen von einem Großonkel in Kanada geerbt. Der Brief ist an Mrs. Bland gerichtet, nur ist diese nicht die richtige Empfängerin – Mrs. Bland ist *Ihre zweite Frau.* Stellen Sie sich Ihre Wut vor! Doch dann überlegt er: Wer kann denn wissen, daß es die falsche Mrs. Bland ist? Zum ersten Mal hatte er im Ausland geheiratet, und niemand in Crowdean weiß das. Er hat noch alle Papiere seiner offenbar kurz nach der Heirat verstorbenen ersten Frau. Es wird ganz einfach sein. Auf jeden Fall ist es das Risiko wert. Sie riskieren es und kommen damit durch ...
Und dann, meine ich, kam jemand aus Kanada, der die erste

Mrs. Bland gut genug kannte, um sich nicht täuschen zu lassen, vielleicht ein Freund der Familie. Er würde darauf bestehen, Mrs. Bland zu sehen . . .«
»Und deshalb – Mord?«
»Ja. Und ich vermute, daß Mrs. Blands Schwester die treibende Kraft war und alles plante. Miss Martindale und Mrs. Bland *müssen* Schwestern sein.«
»Mrs. Bland erinnerte mich an jemanden, als ich sie sah«, sagte Hardcastle. »Es besteht da eine gewisse Ähnlichkeit. Aber der Mann würde doch vermißt werden, es würden Nachforschungen angestellt werden.«
»Wenn der Mann in der Welt herumreiste – vielleicht zu seinem Vergnügen –, konnte man hier und da eine Karte schikken, und es würde lange dauern, bis die Leute in Kanada anfingen, sich zu wundern. Wer würde dann noch einen als Harry Castleton identifizierten und beerdigten Mann mit einem reichen Kanadier in Verbindung bringen, der hier nirgends gesehen wurde? Wäre ich der Mörder, dann wäre ich einen Tag nach Belgien oder Frankreich hinübergefahren und hätte den Paß des Toten im Zug oder in der Straßenbahn liegengelassen, damit die Nachforschungen von einem anderen Land aus angestellt würden.«
Unwillkürlich bewegte ich mich, und Poirot sah mich fragend an.
»Bland erwähnte, daß er kürzlich einen Tag in Boulogne verbracht habe – mit einer Blonden . . .«
»Das sind immer noch alles nur Vermutungen«, wandte Hardcastle ein.
»Aber man kann nachforschen. Wenn Sie sich vielleicht mit Mr. Enderby in Verbindung setzen wollen – er hat mir versprochen, gewisse Nachforschungen in Kanada anzustellen. Er ist ein international bekannter Rechtsanwalt . . . Die Uhren!« Poirot lächelte. »Sie werden wohl feststellen, daß Miss Martindale dahintersteckt – eine phantastische Aufmachung für ein einfaches Verbrechen. Hatte Sheila Webb ihre reparaturbedürftige Rosemary-Uhr im Büro liegen lassen? Nahm

Miss Martindale das zum Anlaß, alles um die Uhr herum aufzubauen und Sheila zu wählen, um die Leiche zu finden? – Von Anfang an entdeckte ich ein mir bekanntes Schema. Colin wird Ihnen sagen, daß ich in dieser Woche zu einer Auktion von Autorenmanuskripten ging. Darunter waren welche von Garry Gregson. Hier« – wie ein Zauberer holte er zwei abgenutzte Hefte aus einem Schubfach –, »hier steht alles! Ein nie ausgeführter Entwurf – aber Miss Martindale, früher seine Sekretärin, kannte ihn. Sie setzte ihn einfach, auf ihre Zwecke zugeschnitten, in die Tat um.«
»Die Uhren müssen doch aber ursprünglich etwas bedeutet haben? Ich meine, in dem Entwurf von Gregsons Roman?«
»O ja. Die Zahlen dort ergaben eine Safe-Kombination. Der Safe war hinter einer Reproduktion der Mona Lisa verborgen, und im Safe lagen die Kronjuwelen des Zaren. Und die Geschichte handelte von einem verfolgten Mädchen. Oh, es kam Miss Martindale alles sehr gut zupaß. Hatte er ihr nicht ein Legat ausgesetzt? Wie und woran starb Gregson, frage ich mich?«
Hardcastle war nicht bereit, sich für vergangene Geschichten zu interessieren. Er nahm die Hefte und dazu den Hotelbriefbogen aus meiner Hand. Die letzten zwei Minuten hatte ich fasziniert darauf gestarrt. Hardcastle hatte Enderbys Adresse darauf geschrieben, ohne den Bogen richtig auf den Tisch zu legen: Die Hoteladresse stand auf dem Kopf in der linken unteren Ecke.
Ich starrte auf das Papier und wußte, was für ein Narr ich gewesen war.
»*Eh bien* – Sie sehen aus, als hätten Sie eine Vision gehabt«, sagte Poirot mit hochgezogenen Brauen.
»Ich habe gerade gemerkt, wie dumm ich war«, erwiderte ich. »Sagen Sie mir eins, Poirot. Wenn Sie alles vom Lehnstuhl aus in London hätten lösen können, warum kamen Sie hierher? Sie hätten ja ins Ritz gehen können, während die Wohnung neu gestrichen wurde, statt hierher ins Curlew Hotel.«
»Natürlich hätte ich das! Aber da Sie zu töricht sind, um es zu

erraten, werde ich es Ihnen sagen. Ich bin ein Mensch, nicht wahr? Wenn nötig, bin ich auch eine Maschine, lege mich hin, denke und löse so Probleme. Doch ich bin auch ein Mensch mit Gefühlen, und die Probleme betreffen Menschen – ich kam aus menschlicher Neugierde hierher.«

30

Colin Lambs Bericht

Wieder einmal war ich in Wilbraham Crescent und ging in westlicher Richtung. Vor Nr. 19 hielt ich an. Alles war friedlich diesmal. Ich ging zur Vordertür und läutete. Miss Millicent Pebmarsh öffnete.

»Colin Lamb«, sagte ich kurz. »Darf ich Sie wohl einen Augenblick sprechen?«

»Gewiß.« Sie führte mich ins Wohnzimmer. »Sie scheinen sich sehr viel in dieser Gegend aufzuhalten, Mr. Lamb. Ich hörte aber, daß Sie *nichts* mit der hiesigen Polizei zu tun haben . . .«

»Das stimmt. Sie haben wohl bei unserem ersten Zusammentreffen schon genau gewußt, wer ich bin.«

»Ich weiß nicht recht, was Sie damit sagen wollen.«

»Ich bin sehr töricht gewesen, Miss Pebmarsh. Ich kam in diesen Ort, um Sie zu suchen. Ich fand Sie am ersten Tag – und wußte nicht, daß ich Sie gefunden hatte!«

»Vielleicht hat der Mord Sie zu sehr abgelenkt.«

»Genau. Außerdem habe ich dummerweise ein Stückchen Papier verkehrt herum gehalten.«

»Und was bedeutet das alles?«

»Nur, daß das Spiel aus ist, Miss Pebmarsh. Ich habe die Zentrale gefunden, wo die Pläne ausgearbeitet wurden. Die notwendigen Protokolle und Memoranden legten Sie nach dem Mikro-Punktsystem in Blindenschrift nieder. Die Informationen, die Larkin in Portlebury beschaffte, wurden an Sie weitergegeben. Hier übernahm sie Ramsay und brachte sie zu ihrem Bestimmungsort. Wenn erforderlich, kam er nachts durch den Garten zu Ihnen. Einmal ließ er in Ihrem Garten eine tschechische Münze fallen –«

»Das war fahrlässig von ihm.«

»Früher oder später passiert uns allen das einmal. Ihre Tarnung ist sehr gut. Sie sind blind, Sie arbeiten an einem Institut für behinderte Kinder, Sie haben Hefte von Kindern in Blindenschrift im Haus – Sie sind eine Frau von ungewöhnlicher Intelligenz, eine starke Persönlichkeit. Ich weiß nicht, was Sie dazu treibt . . .«

»Überzeugung, wenn Sie so wollen . . . Aber warum sagen Sie mir das alles? Das erscheint mir ungewöhnlich.«

Ich sah auf meine Uhr.

»Sie haben zwei Stunden Zeit, Miss Pebmarsh. In zwei Stunden werden Angehörige der Sonderabteilung hier sein und Ihren Fall übernehmen –«

»Ich verstehe Sie nicht. Weshalb kommen Sie vorher und geben mir eine Art Warnung –«

»Es ist eine Warnung. Ich werde hierbleiben, bis meine Leute kommen, um dafür zu sorgen, daß nichts dieses Haus verläßt – mit einer Ausnahme. Diese Ausnahme sind Sie selbst. Sie haben zwei Stunden Zeit, wenn Sie es vorziehen wegzugehen.«

»Aber weshalb, *weshalb*?«

Langsam sagte ich: »Weil es möglich ist, daß Sie in Kürze meine Schwiegermutter werden . . . Ich kann mich aber auch irren.«

Es war still. Millicent Pebmarsh stand auf und ging ans Fenster. Ich ließ sie nicht aus den Augen, ich machte mir keine Illusionen über sie und traute ihr nicht eine Sekunde. Ihre Blindheit würde sie nicht daran hindern, mir eine automatische Waffe ins Rückgrat zu rammen, wenn sie die Chance dazu hätte.

»Ich werde Ihnen nicht sagen, ob Sie sich irren oder nicht. Weshalb glauben Sie, daß es so ist, wie Sie sagen?«

»Die Augen.«
»Im Charakter sind wir uns aber nicht ähnlich.«
»Nein.«
Fast trotzig sagte sie: »Ich habe alles für sie getan, was ich konnte ... Daß sie es war, wußte ich an jenem Tag erst, als ich ihren Namen hörte ... man hat mich immer auf dem laufenden gehalten über sie – immer.«
»Sie waren nie so hart, wie Sie es gern gewesen wären.«
»Reden Sie keinen Unsinn!«
Ich sah wieder auf die Uhr: »Die Zeit vergeht.«
Sie kam vom Fenster zurück zum Schreibtisch.
»Ich habe ein Foto von ihr hier – als Kind ...«
Ich stand hinter ihr, als sie die Schublade aufzog. Es war keine automatische Pistole, es war ein kleines, scharfes Messer ...
Meine Hand schloß sich über ihrer und nahm es ihr weg.
»Ich mag sentimental sein, aber ich bin kein Narr«, sagte ich.
Sie tastete nach einem Stuhl und setzte sich, ohne die geringste Bewegung zu zeigen.
»Ich mache von Ihrem Angebot keinen Gebrauch. Ich werde auf sie warten. Es gibt immer Möglichkeiten – sogar im Gefängnis – ja, auch Möglichkeiten, andere zu überzeugen.«
Als Feinde, aber voller Verständnis für die Haltung des anderen, saßen wir uns gegenüber.
»Ich habe meinen Abschied genommen«, sagte ich ihr. »Ich werde wieder als Meeresbiologe arbeiten – in Australien.«
»Sie tun gut daran, glaube ich. Sie haben nicht die Härte, die man für diese Arbeit braucht. Sie sind wie Rosemarys Vater ...«

Brief von Inspektor Hardcastle an M. Hercule Poirot.
Lieber M. Poirot!
Wir sind jetzt im Besitz bestimmter Tatsachen, die Sie interessieren dürften.
Vor ungefähr vier Wochen fuhr ein Mr. Quentin Duguesclin aus Quebec von Kanada nach Europa. Er hat keine nahen

Verwandten und seine Pläne über seine Rückkehr waren unbestimmt. Sein Paß wurde vom Besitzer eines kleinen Restaurants in Boulogne gefunden, der ihn der Polizei übergab. Bis heute hat ihn niemand abgeholt.
Mr. Duguesclin war zeit seines Lebens ein Freund der Familie Montresor aus Quebec. Mr. Henry Montresor starb vor achtzehn Monaten und hinterließ ein beachtliches Vermögen seiner einzigen überlebenden Verwandten, seiner Großnichte Valerie, der Frau von Josaiah Bland aus Portlebury, England. Alle Verbindungen zwischen Mrs. Bland und ihrer Familie in Kanada rissen bei ihrer Heirat ab, die die Familie mißbilligte. Mr. Duguesclin erwähnte einem seiner Freunde gegenüber, daß er die Blands in England aufsuchen wollte, weil er Valerie immer sehr gern gehabt hatte.
Der Ermordete, dessen Name Harry Castleton sein sollte, ist jetzt einwandfrei als Quentin Duguesclin identifiziert worden.
Versteckt in einer Ecke von Blands Bauhof wurden einige Bretter gefunden, die frisch überstrichen waren. Nach Behandlung durch Fachleute kamen darauf deutlich die Worte SNOWFLAKE-WÄSCHEREI zum Vorschein.
Weitere Einzelheiten will ich Ihnen ersparen. Nur soviel, daß der Staatsanwalt meint, ein Haftbefehl gegen Josaiah Bland könne jetzt ausgestellt werden. Miss Martindale und Mrs. Bland sind, wie Sie richtig vermuteten, Schwestern. Obwohl ich mit Ihrer Ansicht über ihre Beteiligung an den Verbrechen übereinstimme, wird es schwierig sein, ausreichendes Beweismaterial zu erhalten. Miss Martindale ist zweifellos eine sehr kluge Frau. Ich setze aber meine Hoffnung auf Mrs. Bland. Sie ist der Typ, der redet.
Der Tod der ersten Mrs. Bland durch Feindeinwirkung in Frankreich und seine zweite Eheschließung mit Hilda Martindale, ebenfalls in Frankreich, wird klar belegt werden können, obwohl seinerzeit natürlich viele Unterlagen vernichtet wurden. Es war mir ein großes Vergnügen, daß ich

Sie neulich kennenlernen durfte, und ich habe Ihnen für Ihre nützlichen Hinweise zu danken.

Ihr ergebener
Richard Hardcastle

Weitere Mitteilungen von R. H. an H. P.

Gute Nachrichten! Diese Bland hat gesungen! Alles zugegeben! Schiebt alle Schuld auf ihre Schwester und ihren Mann. Sie hätte erst zu spät begriffen, was die beiden vorhatten! Dachte, sie wollten ihn nur betäuben, damit er nicht merkte, daß sie die falsche Mrs. Bland war! Eine windige Geschichte! Dennoch möchte ich glauben, daß sie nicht die treibende Kraft gewesen ist.

Die Leute vom Portobello-Markt haben Miss Martindale als die »amerikanische« Dame wiedererkannt, die zwei Uhren bei ihnen kaufte.

Mrs. McNaughton behauptet jetzt, sie hätte beobachtet, wie Duguesclin in Blands Lieferwagen in Blands Garage gefahren wurde. Hat sie es wirklich gesehen?

Unser Freund Colin hat das Mädchen geheiratet. Er ist verrückt, wenn Sie mich fragen. Alles Gute.

Ihr
Richard Hardcastle